中公文庫

まんぷく旅籠 朝日屋

もちもち蒸しあわびの祝い膳

高田在子

中央公論新社

目次

「まんぷく旅籠 朝日屋」地図

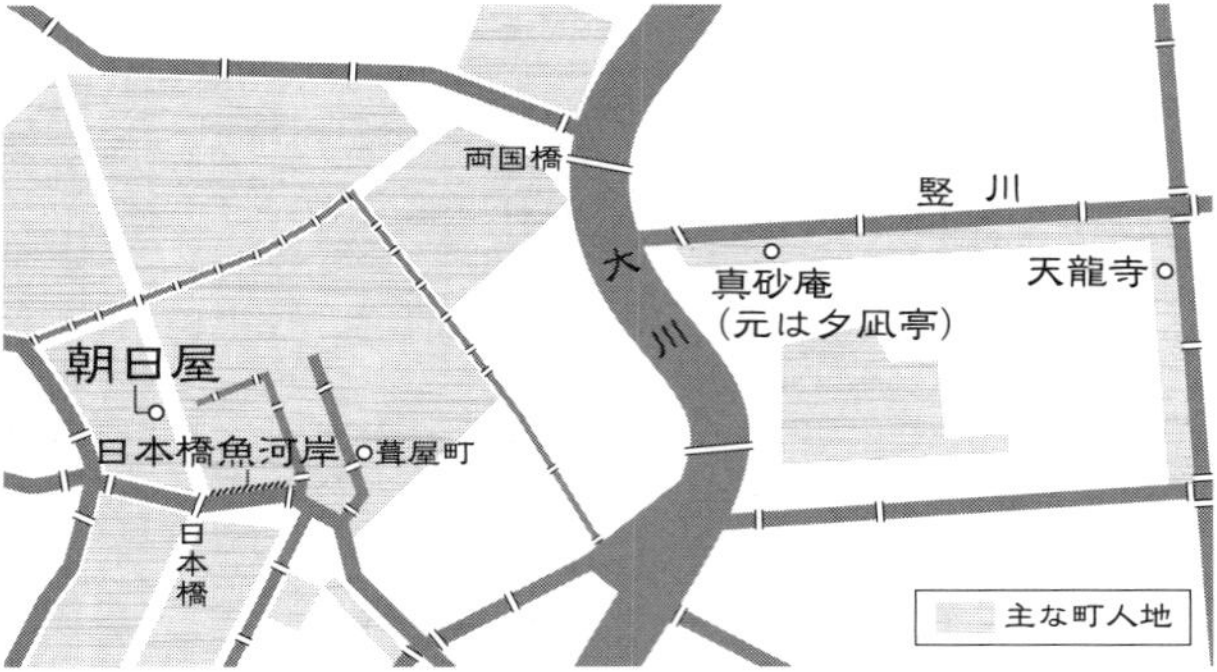

地図製作：(株)ウエイド

まんぷく旅籠 朝日屋
もちもち蒸しあわびの祝い膳

第一話　あわびの両思い

「今日は暑いなぁ」

入れ込み座敷から上がった客の声に、ちはるは思わず唇を引き結んだ。

できるだけ意識しないようにしていたのだが、「暑い」と聞くと、ますます暑くなってしまう。今ちはるが立っている竈《かまど》の前は、特に灼熱《しゃくねつ》なのだ。

額から汗が落ちぬよう鉢巻きをして、首から手拭いを下げているが、体から噴き出る汗を止めることはできない。

客たちは「暑い、暑い」と言いながら酒を飲み進める。

「ついこの間、蚊帳《かや》を出したばかりだと思っていたが、もうすぐ川開きだなぁ」

「おう、おれは今年も花火を見にいくつもりだぜ」

川開きとなる皐月《さつき》(旧暦の五月)二十八日の夜には、大川で花火が打ち上げられるのだ。

じっとりとにじむ首元の汗を拭い、ちはるは大鍋から汁をよそう。新鮮な鰺《あじ》のつみれ汁である。ほんのりと生姜《しょうが》を利かせた、澄まし仕立てにしてある。

本日の夕膳は、小鯛《こだい》の酒蒸し、胡瓜《きゅうり》の梅浸し、茄子田楽《なすでんがく》、烏賊《いか》のにんにく炒め、白飯、鰺の澄まし汁――食後の菓子は、枇杷《びわ》の砂糖煮である。希望する客には、いつもの煎茶《せんちゃ》ではなく、枇杷葉湯《びわようとう》を添えて出した。

枇杷葉湯は、干した枇杷の葉に肉桂《にっけい》や甘茶を混ぜて煎《せん》じた汁である。暑気あたりなどに効く飲み物として、夏に多く出回っていた。

「おい姉さん、おれは枇杷葉湯を頼むぜ」

「はい、ただいま」

おしのが笑顔で応じる。急ぎ足で調理場へ来ると、手早く枇杷葉湯を淹《い》れて運んでいった。

「おう、ありがとよ。おれは毎年、夏負けしねえために枇杷葉湯を飲んでるんだ」

なかなか好評のようである。

よそった汁を新しい膳の上に載せると、おふさが調理場に入ってきた。

「お運びいたします」

ちはるはうなずく。

「お願いします」

おふさがうなずき返して、膳を入れ込み座敷へ運んでいった。

開け放してある表戸の向こうで、曙《あけぼの》色の暖簾《のれん》が小さく揺れている。風が吹いていると思っただけで、調理場がわずかながら涼しくなった気がする。

客の歓声が調理場まで届いた。

「この枇杷、うめえなあ」

「ひと手間かけて、洒落《しゃれ》た器に入れただけで、水菓子（果物）もたまらなく贅沢《ぜいたく》に感じるぜ。家じゃ、なかなか、このひと手間がかけられねえんだ」

「そうそう。皮をむいて、実をかじって、種をぺっと出したらすぐ飲み込んじまうもんなあ。西瓜《すいか》と同じでよぉ」

「やっぱり店で食べる料理は違うぜ。また美味《うま》いものを食べにいこうと思うと、仕事にも張りが出るよなぁ」

客たちの言葉に、ちはるは頬をゆるませた。喜んで食べてもらえるなら、どんな暑さの中でも竈の前に立ち続けてやるぞ、と意気込む。

入れ込み座敷の向こうから、おふさが空いた膳を下げてくる。調理場の近くに座っていた客が、通りかかったおふさを呼び止めた。

「朝日屋《あさひや》では、祝い膳も頼めるのかい」

人のよさそうな中年男が目を細めながら、おふさを見上げた。

「大伝馬町《おおでんまちょう》一丁目にある唐物屋《からもの》のご隠居さんが、ここで古稀《こき》の祝いをしたと聞いたんだがね。ほら、橘屋《たちばなや》という店の」

「は……はい……」

客は、おふさが橘屋の娘だと知らぬようだ。屈託のない笑顔で続ける。

「とても素晴らしい祝い膳だったという話を、知り合いが耳にしたんだ。わたしは、それを又聞きしてね」

——朝日屋の膳に感動したあまり、ご隠居は男泣きしたそうだよ。あんなに心のこもった膳は生まれて初めてだったと、嬉《うれ》しそうに話していたらしい——。

客の前にひざまずき応対するおふさの頬が、わずかに赤くなった。お祖父《じい》ちゃんたら、いったいどこで何をしゃべっているのよ——という心の声が聞こえてきそうだ。

ちはるや慎介《しんすけ》と一緒に、おふさも懸命に考えた祝い膳「三宝づくし」は、渾身《こんしん》の力を込めた品だった。ちはるが幼い頃から世話になっている天龍寺《てんりゅうじ》の住職、慈照《じしょう》の助言を得て、過去、現在、未来の三世《さんぜ》を料理で表したのだ。唐物屋の跡取りとして生まれ、時を重ねてきた彦兵衛《ひこべえ》のさらなる長寿を願うにふさわしい膳になった、とちはるも自負している。

「うちの祝いも、ぜひ朝日屋でやりたいと思ったんだ」

還暦を迎えた母親のために、祝い膳を用意してほしいのだという。

「朝日屋の料理を一度食べてみたいと、母は以前から言っているんだ。だから連れてきてやりたいと思ってね」

朝日屋を訪れる客は依然として男が多い。しかし、安心して泊まれる宿だと近所の者が薦めてくれたおかげで、女客が一人で泊まったこともあった。これから少しずつ、食事処にも女客が増えてくるのだろうか、とちはるは胸を弾ませた。

まだ一人前とは言えないが、ちはるも女料理人である。女だからといって気おくれせずに、どんどん食べにきてもらえたら嬉しい。

「ありがとうございます。大変光栄なお話ではございますが……」

おふさの言葉に、ちはるは「ん？」と眉根《まゆね》を寄せた。勢い込んで承知するかと思いきや、このまま断るつもりだろうか。

「わたしの一存では決められませんので、のちほど主《あるじ》と相談し、改めてお返事させていただきたく存じます」

至極まっとうな返事だが、何か引っかかる。なぜ、今すぐ怜治《れいじ》を呼んで判断を仰がないのか。調理場に届いたおふさの声だって、いつもより弱々しく感じられた。

調理場から入れ込み座敷を見回すと、怜治は別の客と談笑していた。何度も来てくれている、近所の客だ。割り込む形で怜治に声をかけても、さほど失礼には当たらないと思うのだが――。

客は名と住まいをおふさに告げると、下足棚《げそく》へ向かった。

帰っていく客の後ろ姿を見送りながら、ちはるは首をかしげる。

祝い膳の注文に、おふさは気乗りしていないのだろうか。しかし、なぜ――自分の身内だけ時別扱いにしてほしい、などと思うような狭量なやつではないはずだ。

「ちはる、よそ見するんじゃねえ」

慎介の鋭い声が飛んだ。

「はいっ、すいません！」

おふさを気にしている場合ではなかった。次の膳を作るため、ちはるは新しい椀《わん》を手にして大鍋の前に戻った。


食事処を閉めたあと、入れ込み座敷で車座《くるまざ》になって賄《まかない》を食べる。

今夜の賄は、茄子の甘辛炒めと握り飯、それに鯵のつみれ汁の残りである。

怜治が茄子を嚙《か》みしめて、唸《うな》りながら瞑目《めいもく》した。

「おい、たまらなくうめえじゃねえか。とろりと甘い茄子に、ぴりりと唐辛子の利いた甘じょっぱいたれが絡みついてよお」

ちはるは口元をゆるめる。

「炊き立てのご飯に載せて食べても美味《おい》しいと思いますけど、今日は握り飯なので。このままどうぞ」

怜治が、かっと目を見開いた。睨《にら》むように、ちはるを見る。

「この馬鹿《ばか》、今すぐ飯を炊けと命じたくなるじゃねえか」

綾人《あやと》が目を細めた。

「ちはる、お握りも美味しいよ」

鰹節《かつおぶし》と煎《い》り胡麻《ごま》を混ぜ込んで握り、七輪であぶったものだ。

「ほんのり焦げた醤油《しょうゆ》が香ばしくて、たまらないね」

握り飯を頬張っていたおしのが、こくこくとうなずいた。普段は仕事が終わると賄を持って帰り、亭主の伊佐吉《いさきち》と一緒に長屋で食べるのだが、今日は伊佐吉が大工仲間と飲みにいくというので、ちはるたちと一緒に食べている。

「つみれ汁も美味しいです。お客さんたちも喜んで食べていましたよ」

ちはるの隣で、慎介が笑みをこぼす。

「そりゃあよかった」

心底嬉しそうな声だ。

かつて慎介は、商売敵の嫌がらせで、鯵のつみれの中に蚯蚓《みみず》の肉を混ぜ込んだという噂《うわさ》を立てられたことがある。朝日屋の前身である料理屋、福籠屋《ふくろうや》を営んでいた頃の話だ。鯵を売った魚河岸《うおがし》の鉄太《てった》まで、傷んだ魚を扱っていたのではないかと疑われた。それがもとで慎介は鉄太の怒りを買う羽目に陥り、あげくの果てには、やくざ者に利き腕を痛めつけられる騒動となったのだ。

しかし今の慎介の表情に、過去への遺恨は微塵《みじん》も感じられない。それどころか、鯵のつみれを心から愛《いと》おしんでいるような顔つきにさえ見える。過去を完全に乗り越えた者は、このような面持ちになるのだろうか、とちはるは思った。

我が身を振り返ると、胸が痛む。

ちはるの実家である夕凪亭《ゆうなぎてい》も、売れ残りの傷んだ魚を使っていたなどと悪評をばら撒《ま》かれた。闇商人から異国の食材を入手しているという馬鹿げた噂まで流され、店を潰されたのだ。

悪だくみをして店を乗っ取ったのは、雇われ料理人だった久馬《きゅうま》――やつのことを思い出すと、今でも腸《はらわた》が煮えくり返る。

ちはるは慎介の顔を見つめた。

いつか自分も、こんな穏やかな表情で夕凪亭に思いを馳《は》せることができるようになるのだろうか――。

「ところで、さっき、おふさから話があったんだがよ」

みなが食べ終えた頃合いで、怜治が切り出した。

「朝日屋で母親の還暦を祝いたい、と言っている客がいてな」

ちはるは居住まいを正す。

「小伝馬町《こでんまちょう》二丁目で簞笥屋《たんすや》を営んでいる、小森屋一之介《こもりやいちのすけ》さんって人なんだがよ。母親の、おこんさんの祝い膳を頼みたいそうなんだ」

怜治は一同の顔を見回しながら、先ほどちはるが調理場で耳にした話をくり返した。みな真剣に聞き入る。

　自分たちの仕事が評判となり、朝日屋に来たがっている者が増えたと知って、たまお、綾人、おしのは目を輝かせた。ちはるも慎介と顔を見合わせて、口角《こうかく》を上げる。

　しかし、おふさはどこか浮かぬ顔だ。それに気づかぬ様子で、おしのが満面の笑みを浮かべる。

「お祝いの会は、いつやるんですか。今度はどんな祝い膳になるんでしょうか」

「まだ何も決まっちゃいねえ」

　怜治の言葉に、おしのは小首をかしげる。

「早く決めないと、支度ができませんよ。慎介さんとちはるさんは、料理も考えなきゃいけませんし」

　おしのは、たまおの顔を見た。

「女のお客さんのお祝いなら、お花を飾ったほうがいいでしょうか。橘屋さんの時には、他の客席と衝立《ついたて》で仕切って、藤の花を飾りましたよね」

　たまおがうなずく。

「一平《いっぺい》さんがくれた鉢植えの花があったから、ちょうどよかったわねえ」

　ちはるのまぶたの裏に、包丁を手にした一平の姿が浮かんだ。

　一平は、加賀《かが》の料理人である。慎介の料理人仲間の弟子で、修業の旅の途中で朝日屋に泊まった。短い期間ではあったが、同じ調理場に立ち、ちはるは一平から多くのことを学んだ。

「この時季なら、花は菖蒲《しょうぶ》がいいでしょうか。芍薬《しゃくやく》も綺麗《きれい》ですよねえ」

おしのが華やいだ声を上げた。

「切り花を飾るなら、お食事のあとに差し上げてはいかがでしょうか。おうちに帰ったあとも楽しんでいただけるように」

おしのは慎介に顔を向けた。

「献立紙と花の色を合わせても素敵ですよね」

慎介が目を細める。

「そうだな。膳の盛りつけも、女客が喜びそうな美しさを出さなきゃいかんな」

おしのは嬉しそうに微笑《ほほえ》む。

「女って、きっと、いくつになっても綺麗なものや可愛いものが好きなんですよ。ねえ、おふささん」

「えっ」

同意を求められたおふさが、びくりと肩を震わせた。

おしのは再び小首をかしげる。

「どうかしたんですか？」

「いえ、あの——確かに、綺麗な料理は素晴らしいと思います。ただ——」

おふさは目を伏せる。

「今の人手で、泊まり客のお相手も、食事処の応対も、すべてそつなくこなしながら、きちんと祝い膳を出せるかな……と思ってしまって」

おふさは膝の上で握り合わせた手の指を、もじもじと動かした。

「大事なお祝いの場で、粗相があってはいけませんよね。食事処は男客ばかりで、お酒を飲む人も多いから、もし酔って声が大きくなったりしたら……とも考えたり」

綾人が「ああ」と声を上げる。

「橘屋さんの時は、食事処を閉める少し前に来ていただいたから、ゆっくり静かに過ごしていただけたんだよね」

他の客たちが帰ったあとも心置きなく歓談してもらえるよう、あえて遅い刻限から祝いの会を開いたのである。酔って大声を出す客がいたとしても、おふさの働きぶりを見たいという橘屋の意向があったので、まったく問題はなかった。

「だけど今回は、確かに、少し心配だね。騒がしい中でのお祝いになったら、嫌がられるかもしれない」

綾人の言葉に、おふさは大きくうなずく。

「女の人だから、よけいに心配だわ」

「それなら、二階の客室で過ごしていただくのはどうでしょう」

おふさが言い終わらぬうちに、おしのが提案した。

「部屋をひとつご用意すれば、ご家族だけでゆったり過ごしていただけますよね」

怜治が「ふむ」と天井を見上げる。

「それも悪かねえなあ。還暦を迎えたといっても、階段の上り下りに差し支えはねえんだろ、おふさ」

「わかりません」

おふさが即答する。

「そこまでは聞いていません」

「じゃあ、聞いてきてくれよ。食事処の一角と、客室と、どっちがいいか」

「はい」

しかし、おふさの返事には覇気がない。

怜治が眉をひそめた。

「何だよ、乗り気じゃねえのか」

「いえ、そんな」

おふさは首を横に振る。

「だけど、もし泊まり客がいっぱい来たらどうするんですか？」

怜治は思案顔になった。

「そうだな、祝う会の日にちが決まったら、その日は最初から一部屋空けておいてよ。泊まり客を入れるにしても、会が終わったあとで部屋に案内すればいいんじゃねえのか。丸一日ずっとうちで食べ続けているわけじゃねえんだからよ。一時《いっとき》（約二時間）ほど待ってもらう間、泊まり客には食事処にいてもらってもいいし」

綾人が同意する。

「江戸の夜を楽しみたいとおっしゃって、宿で夕食を取らないお客さんもいますしね。夜歩きに出たお客さんが戻ってくるまでには部屋を空けられるよう、お祝いの会を開く刻限を早めにしていただけば大丈夫なんじゃありませんか」

みな大きくうなずいた。

しかし、おふさの表情はまだ晴れない。

「もし、朝日屋で祝い膳を注文したいというお客さんが殺到したら……」

「まずはやってみませんか」

おしのが、伏せられたおふさの顔を覗《のぞ》き込んだ。

「特別なお膳の注文が毎日のようにあるとは思えませんし、もし注文が多くて困るようであれば、一日一組までの早い者順と決まりを設けるとか、やりながらまた考えればいいんじゃありませんか」

おしのは一同の顔を見回した。

「朝日屋で特別な時を過ごしたいと思ってくれる方がいるのなら、お応えしたいと思うんです。わたしたちのおもてなしで感動してくれる人がいるなんて、すごいじゃありませんか。こんなに嬉しいことはありませんよね」

一人ずつ、しっかり目を合わせながら語るおしのの表情は、自信に満ちているように見える。

おしのは変わった――自分には客あしらいなど無理だと言って落ち込んでいたのが嘘《うそ》のように、すっかり仲居の顔つきになっている。頼もしいくらいだ、とちはるは感じ入った。

「あらかじめ、なるべく早《はえ》えうちに見込みがついているんなら、調理場のほうも何とかできるんじゃねえかな」

慎介が口を開いた。

「客の要望をまったく聞かねえわけじゃねえが、献立は、こっちに任せてもらってよ」

ちはるはうなずく。

「祝い膳のうち、一品か二品は、食事処の料理と同じものにするとか」

盛りつけを変えるだけで、印象を変えられる料理もあるだろう。

「ちょっとした工夫で、できることは増えるかもしれませんよ」

ちはるの言葉に、おしのが破顔した。

「どうでしょう、怜治さん」

おしのは期待のこもった目を怜治に向ける。

怜治はうなずいて、たまおを見た。

「どうだ」

「いいと思います」

たまおは即答した。

「うちの人手は確かに多くないけれど、それじゃ今のまま頑張っていればいいのかといえば、駄目だと思うんです」

たまおは居住まいを正して、凜《りん》と顎《あご》を引いた。

「わたしは茶屋勤めをしていた時、いろんなお客さんの話を耳にしたんですけど」

現状に甘んじている者は、けっきょく現状を維持できないのだと聞いたという。

「毎日同じように見えて、世の中は変わっていきますからねえ。古いお店がなくなって、新しいお店ができたり――潰れていくお店は、変わっていく世の中についていけないように見えました」

それは、入れ替わりの激しい若い茶屋娘たちの話からも垣間見《かいまみ》えたという。

――あの小間物屋に行くのは、もうやめるわ。古くさい柄の品ばかりで、目新しいものが全然ないのよ――。

――神田《かんだ》に新しくできた店はよかったわよ。古典柄でも、色の組み合わせがよくてね。洒落た品が多かったわ。売り子も粋な感じでさ――。

たまおの話に、慎介がうなずく。

「世の中には流行《はや》りすたりがあるからな。客の求めるものばかり追い過ぎてもいけねえが、まるっきり無視しても商売にならねえ」

たまおは頰に手を当てると、悩ましげに息をついた。

「その塩梅《あんばい》が難しいんですよねえ」

怜治が腕組みをして唸った。

「ここで守りに入っても仕方ねえやな。よし、やってみようぜ。おふさ、明日さっそく小森屋さんへ行って、いろいろ決めてきな」

「えっ」

おふさは怜治を凝視《ぎょうし》する。

「いろいろ決めてきな、って――わたしがですか？　料理のご要望に何て答えたらいいのか、わたしにはわかりませんよ」

「さっき慎介が言ったように、お任せでよろしく、って言っときゃいいだろう」

怜治は小首をかしげて、おふさを見やる。

「食事の場を一階にするか、二階にするか、そこだけは決めてこいや。あとは日取りや、どんな会にしてえのか聞いとけばいいだろう。いつものおまえなら、ぱぱっと話をまとめてきそうなもんだがなぁ」

　おふさは唇を引き結んでうつむく。

「らしくねえなあ。いったい何をそんなに心配してるんだ、え？」

　怜治の問いに、おふさは唇をすぼめて黙っている。その表情が、ちはるにはひどく自信なげに見えた。

「怜さま、今回はおしのさんに任せてみたらどうかしら」

　たまおが微笑みながら、おしのを見た。

「とってもやりたそうだもの。小森屋さんのお祝いを仕切ってみたくて、うずうずしているんじゃないの？」

　おしのは大きくうなずいてから、はっとしたようにおふさを見た。

「だけど、このお話は、おふささんが受けたもので……」

　おふさは小さく頭《かぶり》を振った。

「お気遣いは無用です。もし、おしのさんがやりたいのなら、わたしは別に構いません」

　おしのは探るような目で、おふさを見た。

　おふさは笑みを浮かべる。

「本当ですよ。仕事を取られたなんて思いませんから」

おしのは遠慮がちな笑みを返した。

「ええ、でも……」

「やってごらんなさいよ、おしのさん」

たまおが明るい声を上げた。

「今のおしのさんなら、絶対にできるわ。ねえ、怜さま」

怜治は目を細めて、おしのを見やる。

「そうだな……よし、おしのに任せよう。もちろん、みんなで力を合わせるんだぜ」

「はい！」

奉公人一同の声が重なり合った。

ほどなくして、表戸が叩《たた》かれる。

「伊佐吉です。おしのを迎えにきました」

綾人が戸を開けると、ほろ酔い顔の伊佐吉が現れた。

「おまえさん」

おしのが弾んだ声を上げて立ち上がる。

「おっ、どうした、何かいいことでもあったのか」

はにかんだ表情で、おしのはうなずいた。

「あのね、今度、朝日屋でお祝いの会をしたいってお客さんの仕切りを、わたしがやらせてもらうことになったの」

伊佐吉は目を丸くする。

「本当か⁉　すげえじゃねえか！　おしの、よく頑張ったなあ」

すでに大役を終えた妻をねぎらっているかのように、伊佐吉は目を潤ませた。

「気おくれして、人前でろくにしゃべれなかったおめえが、立派に客の仕切りを――」

伊佐吉は男泣きしそうな表情で、肩を震わせている。

怜治が苦笑した。

「立派にやり遂げるのは、これからだぜ。なあ、おしの」

「はい」

おしのは草履《ぞうり》を履いて土間に下りると、伊佐吉の背中を力強く叩いた。

「さ、帰るよ、おまえさん」

「おう」

仲睦《なかむつ》まじく帰っていく二人の姿が見えなくなってから、ちはるは空いた器を片づけ始めた。

器を持って立ち上がった時に、ちらりと見えたおふさの顔つきが、ちはるの胸に引っかかる。

――おしのさんがやりたいのなら、わたしは別に構いません――。

その言葉とは裏腹に、ものすごく気にしているような表情だ、とちはるは思った。

翌日、おしのは張り切って小森屋へ向かった。還暦祝いの打ち合わせに並々ならぬ意気込みを抱いているのが一目瞭然の顔で、歩き方も力強かった。

「空回りしなきゃいいがなあ」

おしのが出ていったあとの勝手口を見つめて、慎介が苦笑する。しかし、その目つきはとても優しい。

「まあ、やる気があるのはいいことだがよ」

ちはるはうなずいた。

「大丈夫ですよ。あたしたちも一緒に、みんなでおもてなしするんですから」

「そうだな。おれたちも気合いを入れて仕事しなきゃなあ」

「はい」

ちはるは白瓜《しろうり》を手にした。両端を切り、中の種をくり抜いて出し、螺旋《らせん》状に繋《つな》がるように切ったものだ。ひと晩、塩押ししておいた。これを一日ほど日干しすれば調理できる。食べやすい大きさに切って、みりん、醤油、酢などで味つけをしたら、でき上がりだ。螺旋状に切って干した瓜の形が雷に似ているので「雷干瓜《かみなりぼしうり》」の名がついたといわれている。

「ちはる、手伝うわ」

大笊《おおざる》に載せた白瓜を勝手口の軒下に干していると、おふさがやってきた。

「客室の掃除は？」

「もう終わった。たまおさんに、あんたの加勢をするよう言われたの」

おふさは白瓜を手にすると、ちはるを真似《まね》て竿《さお》にかけていった。手早く、丁寧に、どんどん干していく。ちはるも負けじと手を動かした。

あっという間に笊が空になる。

「綺麗ねえ」

くるくると細長い螺旋を描く白瓜を見つめて、おふさが微笑んだ。

「青空の下に薄緑色の雷がたくさん並んでいるなんて、面白い」

ちはるはうなずいた。

「薄緑色の縄暖簾みたいにも見えるわよね」

「あら、本当だ」

そよそよと吹く風に、螺旋の白瓜が小さく揺れる。

ちはるは、おふさの横顔を盗み見た。

穏やかな表情に見える――が、しかし。その内心はどうだろう。

「本当は、あんたも小森屋さんの仕切りをやりたかったんじゃないの？」

おふさの顔が、ぎくりと強張《こわば》ったように見えた。

「別に」

ふうっと息をついて、おふさは続ける。

「おしのさんがやればいいのよ。あんなに熱意があるんだもの」

「あんたには熱意がないの？」

「ないわけじゃないけど……」

おふさにしては、何とも歯切れの悪い返事だ。

「わたしは前にやっているから」

加賀の料理人、一平の江戸案内と、自分の祖父の古稀祝いを指しているのだろう。

しかし、だから小森屋の件を譲ったというわけでもあるまいに——と思っていたら、おふさが小さなため息をついた。

「それに、毎回上手《うま》くいくとは限らないしね」

ちはるは思わず眉根を寄せて、おふさの顔をまじまじと見た。

「何よ、ずいぶん弱気じゃないの」

おふさは嫌そうに顔をしかめて、ちはるの顔の前で右手を振る。

「視線がうるさいわよ」

ちはるを睨むと、踵《きびす》を返して勝手口の敷居をまたぎ越す。

「客室に不備がないか、確かめてくるわ」

逃げるように去っていく、おふさの後ろ姿がやけに弱々しく見えた。

――らしくねえなあ――。

昨夜の怜治の声がよみがえってくる。

ちはるはうなずいた。

「ほんとだよ、まったく」

独《ひと》り言《ご》つちはるに同意するように、螺旋の白瓜が風に揺らいでいる。曲がりくねった白瓜の姿が、おふさの波打つ心のように見えた。


「十日後に、二階の客室で食事をなさりたいそうです」

小森屋から帰ってくるなり、おしのが土間で声を張り上げた。

おしのの声を聞きつけて、朝日屋一同が集まってくる。怜治に促され、入れ込み座敷で車座になった。

「一之介さんのお母さまの、おこんさんは、足腰が大変丈夫だそうで。階段の上り下りも、まったく問題ないそうです。一部屋貸し切って、親族だけでゆっくり食事ができるなら、とてもありがたいと喜んでくださいました」

おしのは興奮の面持ちで、入れ込み座敷に腰を下ろしている間も話し続けていた。

「還暦のお祝いを朝日屋でやろうと言い出したのは、一之介さんのご内儀の、おたかさんだそうです。日頃から可愛がってくれているお姑《しゅうとめ》さんのために、何かしたいと考えたそうで」

おしのは小森屋で、一之介夫婦と話をしてきたのだという。

「今の小森屋があるのは、おこんさんのおかげだと、お二人とも口をそろえておっしゃっていました」

一之介が亡き祖母から聞いた話によると、小森屋の先代である繁太郎《しげたろう》は気が弱くて流されやすい男だった。友人に誘われれば昼夜を問わず飲みに行き、支払いを押しつけられる。女郎に「居続け」を乞われれば、手代や番頭が迎えにくるまで岡場所にこもっている。

「いつも周りに都合よく使われていた、と一之介さんのお祖母《ばあ》さんは嘆いていたそうです。お祖父さんは店の将来を憂えて、繁太郎さんの妻帯を決めました」

本来であれば、一人息子《むすこ》の繁太郎に店を継がせて自分は隠居する――しかし、繁太郎に店を任せれば小森屋が傾いてしまう――そう考えた先々代は、まだ見ぬ孫に懸けようと考えた。繁太郎に所帯を持たせ、生まれた子を立派な跡継ぎとして育てるのである。そのためには、まず、繁太郎に嫁を迎えねば。

「一之介さんのお祖父さんとお祖母さんは、あちこちに縁談の口利きを頼みました」

けれど頼りない繁太郎に良縁はなかった。悪友に引きずられて飲み歩く繁太郎の姿には、近所の者たちも顔をしかめていたのである。年頃の娘も、その親たちも、あんな男はお断りだと陰口を叩いていた。

そんなある日、先々代の耳に入ってきたのが、近くの裏長屋に住む大家族の話だ。

人がよくて働き者だが、十人の子供たちを食べさせるため、常に貧困にあえいでいる夫婦がいる——長女は十七で、家計を助けるため煮売り屋で働きながら、弟や妹の面倒をよく見ている——その長女が、おこんだった。

先々代夫婦は、おこんに白羽の矢を立てた。

子だくさん夫婦の娘であれば、きっと小森屋の跡継ぎとなる赤子を立派に産んでくれるだろう。多少の無作法があっても目をつぶる。とにかく体が丈夫で、子育てさえできればよいのだ。といっても、商家の子として必要な勉学や躾《しつ》けは、すべて自分たちが行う。おこんは、ただ、子に乳を与えてくれればよいのだ。

「それじゃ、母親というより乳母《うば》じゃねえか」

怜治が呆《あき》れ声で口を挟んだ。

おしのは苦笑しながらうなずく。

「でも、おこんさんは、先々代の思惑を大きく超えるすごい人だったんです」

先々代夫婦は長屋へ押しかけると、おこんを嫁にくれと懇願した。

——子供が大勢いて苦労していると聞いたよ。店賃《たなちん》も、米屋のつけも、いろいろ溜《た》まっているんだろう。すべてこちらが払うから、おこんさんを小森屋の嫁にもらえないだろうか。他の子供たちの奉公先も、手をつくして探すから――。

手を合わせて頭を下げる先々代に、おこんの両親は困惑した。

――苦しい暮らしを助けてもらえるのはありがたいけど、おこんを差し出すのはどうだろう。小森屋の若旦那は、金にも女にもだらしないと聞くよ。苦労するのが目に見えているじゃないか――。

断ろうと言う母親に、父親は簡単には同意しなかった。

――だが、このままじゃ、やっていけないだろう。身売りさせるより、よっぽどいいんじゃないか。おこんだって、小森屋にいたほうが、いい暮らしができるだろう――。

結論を出せずじっと黙り込む両親の前に、おこんは進み出た。

――あたし、小森屋さんの嫁になるよ――。

おこんの言葉に、両親も、先々代夫婦も、ほっと安堵《あんど》の息を漏らした。金と引き換えに、おこんを無理やり小森屋へ引っ張っていく真似をせずともよくなった、という本音を、のちに一之介が祖母から聞いている。

「おこんさんは、子を産むためだけにいてくれればいいと思われていましたが、小森屋さんで本当によく献身されたそうなんです」

友人たちにねだられるまま繁太郎が散財を続けたせいで、小森屋の身代は傾き始めていた。幼い頃の一之介は、友人の誘いを断れずに出かけていく父の姿を横目で見ながら、祖父に厳しく躾けられていた。

――一之介は絶対、繁太郎のようには育てない――。

祖父が躍起になればなるほど、父は激しく遊び歩くようになった。

――わたしの居場所は、ここにない――。

悲しげに笑いながら呟《つぶや》く繁太郎に、おこんは寄り添い続けた。

――あなたがいなかったら、あたしもここにはいませんでしたよ――。

皮肉ではなく、ただの事実として、おこんは告げていた。

――繁太郎さんの嫁になるために、あたしは小森屋へ来たんですから――。

「事あるごとに、おこんさんは繁太郎さんに言い続けていたそうです」

――あたしが小森屋に来たおかげで、実家の暮らしもずいぶん楽になりました。お義父《とう》さんの口利きで、弟たちの奉公先も決まったし。お義母《かあ》さんは、足りないものがないか気にかけてくれるし。本当にいいところへ嫁いだって、両親も喜んでいるんですよ――。

――相手がわたしじゃなければ、もっとよかったと思っているんだろう。真面目《まじめ》で、思いやりがあって、甲斐性《かいしょう》のある男だったら、って――。

繁太郎がふてくされても、おこんは笑っていたという。

――あなたがそんな人だったら、あたしには縁がありませんでしたよ。それに、あなたが思いやりのない人だなんて、あたしは思っていません――。

貧乏長屋に住むおこんと、箪笥屋の跡継ぎである繁太郎に、関わりはなかったはずだ。

首をかしげる繁太郎に、おこんは笑みを深めた。

――小さい頃に、一度だけ、あたしはあなたと言葉を交わしたことがあったんですよ――。

おこんが兄弟の子守りをしていた時の話だという。

活発に動き回る弟たちの世話は大変だった。一人ならともかく、ちょこまか動き回る幼子が二人、三人、四人――ちょっと目を離した隙に、弟の一人が長屋の木戸から出ていってしまった。おこんは慌ててあとを追い、大通りを走る弟をつかまえようとしたが、草履の鼻緒が切れて転んでしまった。

勢いよく駆けていく弟の後ろ姿に、おこんは泣きそうになった。弟たちの面倒を見ているおこんだって、年端のいかぬ少女だったのである。

――おっと、危ない――。

ぶつかりそうになった弟を抱き留めてくれたのが、少年時代の繁太郎だったという。近所にある箪笥屋の坊ちゃんとして、おこんも顔だけは知っていた。

弟の手を引いて、おこんの前に来ると、繁太郎はかがみ込んだ。

――大丈夫かい――。

懐から取り出した手拭いを裂き、草履の鼻緒を直してくれたのだという。

覚えていないと言う繁太郎に、おこんはうなずいた。

――あなたは優しい人だから、きっと似たような振る舞いをあちこちでしていたんでしょう。お友達の誘いを断れないのも、優しいからですよ。断ったら、相手に申し訳ないと思ってしまうんでしょう――。

「お二人のやり取りを、一之介さんのお祖母さんが廊下で立ち聞きしていたそうなんです」

盗み聞きするつもりはなかったのだと、祖母は一之介に言い訳をした。

――だけど、おこんと繁太郎の仲が上手くいくかどうか心配だったものでね、つい聞き耳を立ててしまったんだよ――。

おこんに「優しい」と言われた繁太郎は、すっかり気をよくしたようだ。少しずつではあるが、友人たちの誘いを断るようになった。岡場所へも出入りしなくなり、小森屋の仕事に身を入れるようになった。

祖母は仏壇の前で手を合わせ、おこんという嫁を得られた幸運を、先祖に感謝したという。

やがて祖父が老衰のため亡くなり、繁太郎が小森屋の主となった。一之介は当時まだ十五で、店主となるには若過ぎた。

心を入れ替えて懸命に働いた繁太郎だったが、商才は皆無だったという。

小森屋は大きく傾いた。

祖父のあとを追うように祖母も亡くなり、小森屋の面々は悲嘆に暮れた。店を辞めようとする奉公人も出てきた。

それを繋ぎ止めたのが、おこんである。

おこんは奉公人たちに訴えた。

――どうか助けてください。店は一人じゃできません。みなさんの力が必要なんです――。


床に手を突き深々と頭を下げるおこんの姿に、奉公人たちは踏みとどまった。

「みんな、おこんさんに恩義を感じていたのだと、一之介さんはおっしゃっていました」

おこんは店に出なかったが、奉公人たちの食事を毎日作っていた。少しでも繁太郎の力になろうと、率先して奉公人たちの世話をしていたのである。手拭いを洗ってやったり、破れた着物を繕ってやったり。時には若い奉公人たちの母親代わりとなるなど、おこんはみなを支えていた。

「実家でもずっと兄弟たちの面倒を見ていたから、奉公人たちの世話は苦にならなかったんだろう、と一之介さんはおっしゃっていました」

まるで実の身内に接するようなおこんの態度に、奉公人たちは心をつかまれていたのだ。辞めようと思っていた者たちも、おこんに引き留められて、思い直した。

——おかみさんの頼みじゃ断れません——。

うなずき合い、小森屋を立て直そうと誓い合った奉公人たちの顔を、一之介は今でもよく覚えている、とおしのに語った。

涙を流して礼を述べるおこんに、奉公人たちは照れ笑いを浮かべながら告げたという。

——おかみさんの作るご飯が食べられなくなるのは、やっぱり嫌ですからね——。

——小森屋より美味しいご飯を出してくれる奉公先は、なかなか見つかりませんよ——。

かつて煮売り屋で働いていたおこんの味つけは、奉公人たちに大好評だったのだ。

奉公人たちに笑みを返して、おこんはしみじみと語った。

——煮売り屋で働き始めたのは、実家の家計を助けるためだったけど、長年勤めたおかげで料理ができるようになってよかった。小森屋のみんなに喜んでもらえるんだものねえ——。

「貧しい実家をうとましく思ったこともあったけれど、あの時がなければ今もないんだと、おこんさんはおっしゃっていたそうです」

おしのは、ほうっと息をついた。

「そんなふうに考えられるのって、素晴らしいですよねえ」

慎介が目を細める。

「そんなお人だから、嫁からも慕われるんだろうなあ」

おしのが大きくうなずいた。

「昨夜うちの食事処に一之介さんがいらしてくださったのも、ご内儀のおたかさんに、下見をしてくるよう言いつけられたからだそうです」

彦兵衛の古稀祝いの話を耳にするより前に、おこんは朝日屋の料理が美味いという評判を聞いていたのだという。

「おこんさんの茶飲み友達の旦那さんが、朝日屋の食事処へいらしたことがあったそうで」

――うちの亭主は、夜な夜な好き勝手に遊び歩いてさ。一人で美味しいものを食べてくるんだから、憎らしいったらありゃしない。この頃は、朝日屋の食事処がお気に入りさ。ほろ酔いで帰ってくると、あれが美味かった、これが美味かった、って自慢するんだよ。事細かに料理の説明をするもんだから、寝る寸前だってのに腹が減ってきて困っちまうよ、まったく。ああ、あたしも、朝日屋の料理を食べてみたい――。

茶飲み友達の言葉に、おこんは同意した。

――そんなに美味しい料理なら、あたしも食べてみたいねえ。食べ物屋で働いたことはあるけど、店で食事をしたことなんてないよ。死んだ亭主と一緒に、神社門前の茶屋で甘酒を飲んだことがあるくらいかねえ――。

嫁のおたかは、おこんの部屋に茶のお代わりを運ぼうとして、二人の話を襖《ふすま》越しに聞いたのだという。

「いつも無欲なおこんさんの、朝日屋で料理を食べてみたいという言葉を、おたかさんはずっと覚えていたんです」

だから一之介が、彦兵衛の祝い膳の話を聞き込んできた時、おたかはすぐに思ったのだ。おこんの還暦祝いも朝日屋でやりたい、と——。

「父親の繁太郎さんが亡くなる少し前に、一之介さんはお金を託されたそうです」

それは巾着いっぱいに詰められた小銭だったという。

「傾いた店を懸命に立て直したあと、自分には商いの才がないからと言って、繁太郎さんは早々に隠居したそうなんです。一之介さんが小森屋を継いだほうが、みんなのためになる、とおっしゃって」

若き店主となった一之介は、奉公人たちと力を合わせて、売り上げを伸ばした。

小伝馬町には簞笥、長持、蒔絵《まきえ》道具などの店も多く、婚礼調度を求めにくる者も少なくない。そこで長持や蒔絵道具を扱う人気店に小森屋の品ぞろえを知ってもらい、簞笥屋を探している客がいたら紹介してもらえるよう頼んだのである。もちろん、長持や蒔絵道具を買うつもりの客が小森屋を訪れれば、逆に紹介すると約束した。仲人を数多く務めている者たちへの宣伝も忘れなかった。

誠実な商売を心がけ、地道な努力を続けた結果、小森屋は一之介の代で大きな飛躍を遂げたのだ。

「暮らしに余裕の出た一之介さんは、隠居した繁太郎さんに月々のお小遣《こづか》いをあげていたんです。大金ではなかったので、すべて使い切ったのだと思っていたそうなんですが」

ろくに手を着けぬまま、繁太郎は大きな巾着の中に貯《た》め込んでいた。

「亡くなる少し前、それを一之介さんに渡して、繁太郎さんはおっしゃったそうです」

――この金で、おこんに何か美味いものを食べさせてやってくれ。何とか店を立て直したあと、おこんに何か買ってやろうと思ったんだが、あいつは自分のために散財するなと言い張ってな。二人で神社へ行った帰りに、門前の茶屋で甘酒を飲ませるくらいしか、わたしに金を使わせなかったんだ――。

「実家にいた時からの倹約癖が身に染みついてしまっているのだろう、と一之介さんはおっしゃっていました」

小森屋が傾いた時も、おこんは奉公人たちの食事をできる限り減らさなかった。少しでも安い食材を買い求めるために歩き回り、夫や子供たちの腹も満たした。

「ですが、ご自分は、みんなが食べ終えたあと、台所で沢庵《たくあん》一枚を冷や飯の上に載せて、湯漬けにしてしのいでいたそうです」

みなが店に出たあとで、こっそり侘《わび》しい食事を続けるおこんの姿を、一之介と繁太郎はそれぞれこっそり物陰から見ていた。

自分のことは、いつも、あと回し――そんなおこんの姿に、一之介も繁太郎も歯がゆい思いをしていた。

小銭の詰まった巾着を一之介に渡した時、繁太郎は独り言つように語ったという。

――わたしとおこんは、惚《ほ》れた腫れたでくっついた仲じゃなかった。だが、夫婦《めおと》になったあとで、わたしはおこんに恋をしたんだよ。こんなわたしに尽くしてくれる、奇特な女だと思ってねえ――。

年老いた父の告白に、一之介は驚いた。母に対する父の想いを聞いたのは、初めてだった。

――台所でひっそりと湯漬けを食べていたおこんの後ろ姿が、ずっと忘れられない。どんなに過去を悔いても、時は戻ってこないが、若い頃に放蕩《ほうとう》した金が今手元にあれば、おこんにもっといいものを食べさせてやれたのに、と何度も思った――。

受け取った巾着を握りしめる一之介を見つめて、繁太郎は微笑んだ。

――きっと、わたしは、もう長くない。おこんのことを頼んだよ――。

そう言って息子に頭を下げた半月後、繁太郎は永眠した。

「風邪《かぜ》をこじらせて、そのまま……ですが穏やかな死に顔だったと、一之介さんはおっしゃっていました」

ため息ともつかぬ唸り声を上げて、怜治がおしのを見た。

「それじゃ十日後の祝い膳は、繁太郎さんから託された金で支払われるんだな？」

おしのがうなずく。

「一之介さんご夫婦もお金を出すので、おこんさんがあの世で繁太郎さんに自慢できるような、とびきりの祝い膳を頼みたいとおっしゃっていました」

怜治はちはるに顔を向けた。

「責任重大な大仕事だぞ」

「はい」

ちはるは即答した。

どんな仕事でも手を抜いていないつもりだが、故人の願いを託された料理となれば、よりいっそう気が引きしまる。

ちはるたちが取り組む膳は、繁太郎の遺言――おこんへの恋文代わりなのだ。

今回依頼してくれた、一之介たち家族の思いも詰め込まねばならない。

ちはるは瞑目した。

深い感謝と愛情を、どんな料理で表すか……。

おしのの話からすると、ある程度の金はかけられそうだ。食材を選ぶ幅が広がれば、献立の案も増える。

一之介夫婦は、おそらく少し高級な料理を期待しているのではないだろうか。百川《ももかわ》や八《や》百膳《おぜん》とまではいかないが、倹約ばかりしてきたおこんに、ちょっと贅沢な料理を味わわせたいと思っているに違いない。

しかし、いかにも高級という感じを前面に押し出せば、おこんが恐縮してしまうだろう。

ちはるは唸った。

飾り切りなどで盛りつけを工夫するだけでは、一之介夫婦が納得するまい。

いったい、どうしたら、みなが納得する「とびきりの祝い膳」を作り出せるのか。

「祝い事に欠かせねえ食材といえば、鯛、海老《えび》、昆布、鰹節、小豆《あずき》――」

慎介の声に、ちはるは目を開けた。

そうだ、まず「祝い膳」だということから考えなければ。

鯛は「めでたい」の「たい」に通じるという語呂合わせから、祝い事に欠かせない食材とされているが、赤い体の色からも祝い膳に不可欠といわれている。

昔から、赤は邪気を払うと考えられているのだ。

おしのが慎介に向かって身を乗り出した。

「鯛は上魚ですし、お頭つきの塩焼きが膳の上に載っていれば、やっぱり豪華ですよね」

慎介がうなずく。

「ずっと昔は、鯛より鯉《こい》のほうが上とされていたんだがよ」

室町《むろまち》時代までは、鯉が最高の魚だといわれていたのである。

海から遠い京の都で入手できる新鮮な魚といえば川魚だった。その中でも鯉が一番とされており、「鯉の滝登り」という故事からも重用されていた。

「今は、祝い事といやぁ、やっぱり鯛だな。ふっくら焼き上げた白身の甘さを、おこんさんにも、ぜひ味わっていただきてえ」

ちはるは大きくうなずいた。

身はふっくらと——しかし皮は、ぱりっと香ばしく焼き上げねば。

「それじゃ、一品は決まりですね！」

おしのが弾んだ声を上げる。

「あとは、どんな料理を？　豪勢に、鎌倉海老もつけますか？」

鎌倉海老とは、伊勢《いせ》海老の別称である。伊勢で獲《と》れるから伊勢海老、鎌倉で獲れるものは鎌倉海老と呼ばれた。

「海老も確かに、還暦の祝いにふさわしい。長い髭《ひげ》があって、腰が曲がっているから、よく老人の姿にもたとえられる。『海』に『老』と書くから、海の老人なんていわれたりもしてよ」

慎介の言葉に、おしのが破顔した。

「おこんさんの長寿を祝うのに、ぴったりじゃないですか」

慎介は苦笑しながら首を横に振る。

「だが、今は鎌倉海老の旬じゃねえんだ」

おしのは肩を落とした。

「鯛の尾頭つきと鎌倉海老が並べば、ものすごく豪華でおめでたい祝い膳になると思ったんですけど……」

慎介がちはるに顔を向けた。

「明日の仕入れの時に、鉄太さんや藤次郎《とうじろう》さんにも相談してみるか」

「はい」

「わたしも一緒に行かせてください！」

ちはるの返事にかぶせる勢いで、おしのが声を上げた。

「橘屋さんの祝い膳の時には、ちはるさんと一緒に、おふささんが天龍寺へ行きました。今度は、わたしが魚河岸へ」

小森屋の祝いは自分が仕切るのだ、という自覚が強いようだ。おしのは懸命に訴える。

「料理の説明をちゃんとできるように、一から全部見ておきたいんです。仕入れの邪魔にならないよう、気をつけますから」

おふさが「三宝づくし」の膳について説明した姿が、おしのの目に焼きついているのだろうか。自分も立派にやり遂げねばならぬ、と意気込んでいるのがよくわかる。

慎介がたまおを見た。

「仲居頭、どうだ。おしのを魚河岸に連れていってもいいか」

「よろしくお願いいたします」

たまおは即答した。

「しっかり勉強させてやってくださいな」

慎介はうなずいて、おふさに目を向ける。

「おめえも行くか？」

「いえ、わたしは……」

首を横に振るおふさに、ちはるは眉をひそめた。

慎介はあっさり「そうか」と言って、おしのに向き直る。

「明日は、いつもより早く来てもらわなきゃならねえぞ。遅れたら、置いていくからな」

「はい！」

おしのの声が威勢よく入れ込み座敷に響き渡った。

みな、それぞれの持ち場へ戻っていく。

ちはるも釈然としない思いを抱えながら調理場へ向かったが、途中で足を止めて振り返った。たまおと怜治がまだ小上がりにいる。

「あの、たまおさん、ちょっといいですか」

たまおは小首をかしげながら、ちはるの前に歩み寄ってきた。

「どうしたの？」

「おふさのやつ、おかしくないですか」

小声で問いかけると、たまおは優しく微笑んだ。

「心配なのね」

ちはるは即答せずに、唇を尖《とが》らせた。素直に認めたくない気持ちもあるが、言葉にすれば、やはり「心配」なのである。

たまおが笑みを深めた。

「大丈夫よ。わたしに任せておいてちょうだい」

「ええ、それはもちろんですけど……」

たまおはうなずくと、ちはるの肩をぽんと叩いて二階へ上がっていった。

気持ちを切り替えて仕込みをすべく、ちはるも調理場に足を踏み入れる。


昼の賄の支度を終えると、みなが入れ込み座敷に集まってきた。

ちはるは慎介とともに、梅干しを入れた握り飯と白瓜の味噌《みそ》汁を運んでいく。

「暑いなあ」

と言いながら、怜治が左手で着物の襟をぐいと持ち上げた。右手の指をそろえて、あおぐように激しく動かし、風を作って胸元に送り込む。

たまおが苦笑した。

「怜さま、お客さんの前では絶対にやっちゃいけませんよ。襟元も、あとできちんと直してくださいね」

「おう」

うるさそうに顔をしかめながらも、怜治は素直に返事をした。椀を手にして、眉間のしわを深くする。

「湯気を見ただけで、のぼせそうだぜ。明日は冷や汁にしてくれよ」

ちはるは怜治を睨んだ。

「暑いからって冷たいものばかり飲み食いしていたら、体を壊しちゃいますよ。甘酒だって、熱いのを売っているでしょう」

昔は冬の売り物だった甘酒だが、今では年中、出回っている。特に、夏には欠かせない飲み物だ、といわれるまでになった。温かい甘酒に生姜のしぼり汁を垂らして飲み、体から出た汗を川風で冷まして涼を取るのが、江戸っ子のお決まりなのである。

怜治は椀に口をつけて味噌汁をすすった。

「あ、いけるぜ」

椀の中に箸《はし》を突っ込んで、白瓜をかっ込むように食べる。続けて握り飯をかじった。怜治が手にした握り飯の中の、種を取ってほぐした梅の実が見える。大口を開け、ばくりと梅肉を食べて、怜治は唇を引き結んだ。

「あぁ、染みる。滋養が体ん中を駆け巡っていくようだぜ」

ちはるは大きくうなずいた。

「美味しいでしょう？」

怜治は肩をすくめた。

「ったく、うちの奉公人は偉そうだなあ。いつから、そんなに——って、最初っからか」

たまおが微笑んで、一同の顔を見回す。

「いろいろあったわねえ。朝日屋が潰れるかもしれない危機を乗り越えて、今こうしていられることが、本当にありがたいわ」

おしのが目をしばたたかせる。

「潰れるかもしれない危機なんてあったんですか？」

たまおは笑みを深めた。

「だって、お客さんが全然来なかったんだもの。ねえ、怜さま」

怜治が鼻先で、ふんと笑う。

「客を呼び込むために、いろいろやったなあ。朝日屋の料理は美味いってことを広めるために、評者を呼んで、膳を食わせてよぉ」

たまおが大きくうなずいた。

「重陽《ちょうよう》の節句の祝い膳でしたね」

評者の一人が、戯作者《げさくしゃ》の風来坊茶々丸《ふうらいぼうちゃちゃまる》だった。

怜治は表口へ目を向けた。開け放した戸の向こうで、曙色の暖簾が風に揺れている。

「あれが縁で、茶々丸のやつぁ、すっかりうちの馴染《なじ》みになったなあ」

綾人が土間の隅に顔を向ける。

「獅子丸《ししまる》と一緒に、今頃はどこで何をしているんでしょうか」

ちはるも綾人の視線を追った。あの壁際で、獅子丸はよく眠っていたのである。

獅子丸は、朝日屋で世話をした、おかげ犬だ。病に倒れた飼い主の平癒《へいゆ》祈願のため、伊勢神宮を目指して草加《そうか》からやってきた。

戯作が書けぬと悩んでいた茶々丸は、ねた探しを兼ねて、獅子丸が無事に伊勢参りを果たせるよう、つき添って旅に出たのである。

「あいつらは、きっと珍道中をくり広げているだろうよ」

怜治の言葉に、一同はうなずいた。

「茶々丸さんだけじゃないわ。大勢の人たちが、重陽の祝い膳をきっかけに、朝日屋を知ってくれるようになったのよ」

たまおは嚙みしめるように続けた。

「重陽の祝い膳のために、ちはるちゃんと慎介さんが苦心の末に作り上げた『秋の玉手箱』……あれを百個、無料で配ったでしょう」

外は「ぱりっ」と、中は「とろり」となるように仕上げた、包み揚げである。季節に合わせて、きのこと秋茄子の餡《あん》かけを具にした。

たまおがちはるを見る。

「あの包み揚げを、お客さんに出せるようになるまでの間に、ちはるちゃんは何度も何度も作り直していたわね」

具の大きさや餡のとろみ具合などを吟味し、皮が透き通るような白さになるまで薄く焼き上げられるよう練習したのである。

ちはるは笑った。

「最初は失敗ばかりでしたからねえ」

「本当に、よくやりきったわよ。もう無理だと思ったことは一度もないの？」

ちはるが答える前に、慎介が口を挟んだ。

「こいつは、おれに言ったんだ」

——絶対できます。やりきってみせます——。

「ってな。『一陽来復《いちようらいふく》——朝日は、必ず昇るんだから』って言われた時にゃ、おれも負けていられねえと思ったぜ。夜明けの光を信じられなきゃ、朝日屋の料理人が務まるかってんだ」

ちはるは胸を張る。

「だって、あたしは決めたんですよ。やらずに後悔なら、やって後悔だってね」

それは夕凪亭を乗っ取られ、失意の底で両親を亡くした体験から、強く抱いた思いだった。

たまおが目を細める。

「そうね、わたしたちは一陽来復の宿を住《す》み処《か》としているんだもの、何度転んだって、そのたびに立ち上がればいいのよね」

「そうですよ」

ちはるは意気揚々と答えた。

「失敗してなんぼじゃありませんか。料理だって、失敗を重ねる中から深い味わいが生まれるんですよ。ねえ、慎介さん」

「まあな」

「だけど、絶対にしちゃいけない失敗もありますよね」

慎介をさえぎるように、おふさが口を開いた。

ちはるの目の端で、怜治の表情がわずかにゆがむ。

かつて火盗改《かとうあらため》だった怜治は、自分のせいで同輩が死んだと悔やんでいるのだ。

おふさがななめに宙を見やる。

「ちはるがお酒を飲むのは……」

「そりゃ絶対に駄目だ」

慎介と怜治の声が重なり合った。

「同じ間違いを何度もくり返しちゃならねえ」

たまお、綾人、おしのが同時にうなずいた。

みなの深刻そうな視線が、ちはるに突き刺さる。

ちはるは、むっと眉を吊《つ》り上げた。

「ちょっと、何なんですか、いったい」

柏手《かしわで》を打つように、たまおが両手を打ち鳴らした。

「失敗を恐れずに挑みましょう。『七転び八起き』よ。何度転んでも、おもてなしの心だけは忘れずにね」

たまおは、おしのとおふさを交互に見た。

「おこんさんのお祝いも、真心を込めれば、きっと相手に伝わるわ。おこんさんのために何ができるか、そこをしっかり考えましょう」

「はい！」

おしのとおふさの声が入れ込み座敷に響いた。おふさの声に、力強さが戻っていた気がする。

ちはるは安堵した。

目の端に映る怜治の表情も、いつも通りに戻っているように見えた。

日が暮れて、表の掛行燈《かけあんどん》に綾人が灯をともせば、食事処の客たちが続々と入ってくる。あっという間に入れ込み座敷が満席になった。

本日の夕膳は、鰺の刺身、雷干瓜、茄子の揚げ出し、葱《ねぎ》入り出汁《だし》巻き卵、白飯、しじみの味噌汁——食後の菓子は、枇杷の砂糖煮である。希望する客には、枇杷葉湯を添えて出す。

おしのが調理場に膳を取りにきた。

「お運びいたします」

「お願いします」

ちはるは慎介とともに次々と新しい膳を作っていく。首の汗を手拭いで拭うと、しじみの味噌汁を椀によそった。慎介は出汁巻き卵を切っている。

仲居たち三人が入れ替わり立ち替わり、酒や料理を客のもとへ運んでいく。

しばらくして、おふさが調理場に入ってきた。珍しく、ぱたぱたと草履の底を鳴らしている。

ちはるが振り向くと、慎介も手を止めておふさを見ていた。

「何だ、おめえ、そんなに慌てて」

「今日が二度目のご来店になるお客さまがいるんですけど」

膳が並ぶ台を目指しながら、おふさが答える。

「先日、ちょっとした手違いで、お膳を出すのが遅くなってしまったんですよ。同じ失態をくり返したら、もう二度とお越しいただけないかもしれないと思って」

慎介が眉をひそめる。

「だが、仕事が雑にならねえよう気をつけろよ」

「はい――お運びいたします」

おふさは膳を手にすると、急ぎ足で入れ込み座敷へ向かっていった。

ちはるは首をかしげる。今おふさが手にした膳は、台のどこに置いてあったものだったか――。

「あっ」

台の上を確かめて、思わず声を上げた。

「今のお膳、まだ味噌汁を載せていないやつです」

慎介が首を伸ばして台の上を見る。

「ほら、隣の列のお膳を持っていかなきゃいけなかったんですよ」

「ああ、本当だ」

慎介と並んで入れ込み座敷へ顔を向けると、ちょうどおふさが客の前に膳を置こうとしているところだった。調理場に近い席だったので、追いかける間もなく客のもとへ着いてしまったのだ。

ちはるは思わず顔をしかめる。

と、そこへ、たまおが足早にやってきた。

「今おふさちゃんが運んでいったお膳、お味噌汁が載っていなかったみたいですけど」

慎介がうなずく。

「間違えて、まだそろっていねえ膳を持っていっちまったんだよ」

たまおは台の上を覗き込むと、すべてそろった膳を手にした。

「新しいお膳を持っていきます」

言い終わらぬうちに、たまおは素早く調理場を出ていった。

「あれ、わたしの膳に汁物がない」

客席から声が上がる。客のもとを去ろうと腰を浮かせていたおふさが、ぎょっとした顔で動きを止めた。

すかさず、たまおが声をかける。

「大変申し訳ございません、お客さま。こちらのお膳とお取り替えさせてください」

たまおの目配せで、おふさが客の前から膳をどかした。たまおは流れるような仕草で、空いた場所に新しい膳を置く。

「本当に申し訳ございませんでした」

たまおが床に両手をついて、深々と頭を下げた。

おふさも味噌汁の載っていない膳を手にしたまま膝を突き、客に向かって頭を下げる。

「申し訳ございません。お出しする膳を間違えてしまいました」

「いいんですよ、気にしないでください」

客が明るい声を上げた。

「こんな小さな失敗で怒鳴りつけるような真似はいたしませんから、顔を上げてくださ い」

おふさは恐縮しながら身を起こす。

「前回に続き、本日も、誠に申し訳ございませんでした」

「おや」

客が目を丸くして、おふさをじっと見た。

「覚えていてくれたんですか」

おふさはうなずく。

たまおが客の顔を覗き込んだ。

「以前いらしてくださったのは、三日前でしたでしょうか」

客は気をよくしたように、にっこりと笑った。

「近所に馴染みの食事処を増やそうと思いましてね。こちらの評判は前々から伺っていたんですが、先日やっと来ることができました。期待通り、料理がとても美味しかったものですから」

「ありがとうございます」

たまおが微笑みながら小首をかしげる。

「ご近所というと、どちらから」

「駿河町《するがちょう》です」

「まあ、それは本当にお近くですねえ。目と鼻の先じゃありませんか」

料理を気に入って、また来てくれたのだと聞けば、たまらなく嬉しい。

だが、ちはるは客の顔に見覚えがなかった。前回は、調理場から離れた場所に座っていたのだろうか。できる限り客席にも目を配らねばと思うが、料理に集中している間は、当然ながら調理場の中に気を張り巡らせる状態になる。それに、客席のほうは仲居たちに任せているのだ。

ちはるは調理場から客を凝視した。

年の頃は三十五、六か。ぽっちゃりとした体つきに着流し姿、人好きのする狸《たぬき》顔、少し高めの朗らかな声——穏やかな物腰からすると、客あしらいに慣れた行商人か何かだろうか。

「お客さん、お店をやっている方でしょう」

たまおが少し砕けた口調で尋《たず》ねた。

「駿河町といえば、真っ先に浮かぶのは越後屋《えちごや》さんですけど――ひょっとして、関わりのあるお方ですか？　先日いらした時、とても値打ちのありそうな扇子をお持ちでしたし――」

「いや、これはまいった」

客が居住まいを正した。

「わたしが持ち歩いている扇子は、越後屋の主が使っていたものです。新しいものに買い換えるというので、お下がりをもらいました」

ちはるは思わず「えっ」と声を上げそうになった。

越後屋は、公儀御用達《ごようたし》の江戸一番の呉服屋だ。間口三十五間（約六十四メートル）の広さを誇り、通りに面した売り場で品物を売る。「店前売《たなさき》り」の「現銀（金）掛け値なし」と呼ばれる商法で、江戸の人々の心を大いに惹《ひ》きつけた。

総勢二百名を超える奉公人たちが働く駿河町越後屋の姿は壮観で、浮世絵にも描かれるほどである。

その越後屋の主と、この客に、いったいどんな関わりがあるというのだろう、とちはるは思った。

「わたしは越後屋に奉公しております、完蔵《かんぞう》と申します」

「あら、本当に越後屋さんの方でしたの」

なぞなぞ遊びに正解したような表情で、たまおは口角を上げた。

「ひょっとして出世頭でいらっしゃるんじゃありませんか。さぞ有能なお方とお見受けいたしましたが」

完蔵は、にっと笑った。

「あなたは見る目がありますねえ。どうです、越後屋で働いてみませんか。わたしが大番頭となった暁には、女中頭の座をお約束いたしますよ」

「まあ、どうしましょう」

たまおは満更でもなさそうな顔で、頬に手を当てる。その隣で、おふさが首を横に振った。

「駄目ですよ。たまおさんは、ずっと朝日屋の仲居頭なんですから」

完蔵は楽しげに声を上げて笑う。

「慕われていますなあ。実にうらやましいですよ」

たまおは小首をかしげる。

「完蔵さんだって、下の方々から慕われているんじゃありませんか？」

「さあ、どうでしょう」

完蔵は料理に箸をつけると、満足そうに目を細めながら語った。

「わたしは越後屋の目代《もくだい》を務めておりましてね」

文字通り、主の「目の代わりになる者」として、越後屋内に置かれた役職だという。

「店内の問題は、役頭や組頭、番頭たちが随時解決してまいりますが、時に、どうしても誰の手も回らなくなりそうな事態が起こりますもので」

そんな時のために、完蔵があらゆる方向に目を配っているのだという。

「主の指示の下、今は質《たち》の悪い苦情などに対応することが多いですね」

おふさが思わずといったふうに口を挟んだ。

「越後屋さんに苦情を入れる人がいるんですか」

「そりゃ、いらっしゃいますよ」

完蔵は事もなげに答える。

「おかげさまで、うちは毎日大勢のお客さまで賑《にぎ》わっております。人が多ければ多いほど、さまざまな悲喜こもごもが生まれるものですが、奉公人たちの失敗もまた数多くなりましてねえ」

「あの」

おふさが声を上げた。入れ込み座敷を見回して、客がまばらになっていることを確かめてから、完蔵に向き直る。

「確か三年ほど前、母の買い物につき合って、越後屋さんに行ったことがあるのですが」

完蔵が小さく頭を下げる。

「それはそれは、ありがとうございます」

「その時、手代が叱られているところを見ました」

完蔵は真顔になって、箸を置いた。

「お見苦しいところをお見せしてしまい、大変失礼いたしました」

おふさは首を横に振る。

「厠《かわや》をお借りした時に、たまたま見かけてしまったんです」

人目をはばかるようなおふさの声に、ちはるは調理場で耳を澄ました。

越後屋の店内には、買い物客をもてなす茶所があるのだという。

母親の買い物があまりにも長かったので、おふさは待ちくたびれてしまい、茶のお代わりを何度か頼んだ。そして厠へ行った帰り、廊下の奥から聞こえた声に、おふさは足を止めた。そっと近寄って、物陰から覗くと、手代のお仕着せが見えた。

「番頭さんも、あまり大きな声は出していなかったので、はっきりとは聞こえなかったのですが、お客さまにお薦めした反物の説明に間違いがあったようでした」

――不勉強な者は店には出せぬ――。

「その言葉だけは、はっきり聞き取れたのですが」

当時のおふさは、あまり深く考えていなかった。立派な大店《おおだな》はやはり厳しいのだな、というくらいの認識しかなかったという。手代が叱られていた場面も、すぐに忘れてしまった。

「ですが先日、ふと思い出したんです」

再び箸を手にしながらおふさの話に耳を傾けていた完蔵は、訳知り顔になってうなずいた。

「前回来た時、あなたは何やら深刻そうな表情をしていましたね」

おふさは頰に手を当てる。

「わたし、お客さまの前で……」

完蔵は安心させるように微笑んだ。

「ほんの一瞬、たまたま見えただけですよ。他のお客さんは、まったく気づいていなかったでしょう」

おふさは、ほっと息をつく。

「いったん思い出してしまったら、あの時叱られていた人は、あれからどうなったのかと気になってしまって」

おふさは居住まいを正して完蔵を見た。

「まさか、あのまま暇《ひま》を出されたなんてことはありませんよね」

「この三年、店を辞めた手代は一人もおりません」

完蔵は即答した。

「叱られていたという手代に、心当たりがあります。ちょうど三年ほど前、反物について学び直すよう番頭に言いつけられて、蔵の整理を命じられた者がおりました。しばらくの間は店に出ず、裏で必死に基本から学び直しておりましたよ」

「その方は、今どうしていらっしゃるんですか」

「あと数年したら、番頭に格上げされるでしょうね」

おふさは瞬《まばた》きをくり返した。

完蔵は笑みを深める。

「あの者は負けず嫌いなんです。やると決めたら、決してあきらめない。番頭が事あるごとに語り続けてきた越後屋魂が、しっかり根づいているんですよ」

「越後屋魂……ですか」

完蔵はうなずいて、口を湿らすように酒を舐《な》めた。

「越後屋の主の先祖は、近江《おうみ》の武士だったんですよ」

近江国の守護大名、佐々木六角《ささきろっかく》氏に仕えていた、三井《みつい》家である。

織田信長《おだのぶなが》に主家を滅ぼされた三井一族は、近江から伊勢へ逃れた。松坂《まつさか》などを流浪して、松ヶ島に安住の地を求めたのだ。

「三井家は、やがて武士を捨て、町人となったんですがね。佐々木六角氏から養子を迎えたことがあったご縁で、家紋を主家と同じ『四つ目結《ゆい》』にしたんです」

越後屋の暖簾印は現在『丸に井桁三《いげたさん》』だが、それは三井家が江戸で呉服屋を始めて、数年経《た》ってから変えたのだ。越後屋が店章を改めた年は定かではないが、延宝《えんぽう》五年（一六七七）頃ではないかといわれている。

「店の印を変えた時、越後屋は本町《ほんちょう》一丁目にありましてね」

今のような広さはなく、間口は九尺（約二・七メートル）だったという。

「越後屋が江戸に店を出すまで、他の呉服屋たちは得意先を回って注文を取っていました。支払いは、盆暮れの節季にまとめていただく、お馴染みの掛売りです」

売るほうは集金の手間がかかり、金が入ってくるまでの日数が長い。買うほうには、手数料が上乗せされる。

「だから越後屋は、その場で代金をお支払いいただくことによって利息を取らぬ『掛け値なし』の商売を始めたんです」

また、他の呉服屋が見本を持って得意先を回っている商法に対し、越後屋は店頭で品を売った。

「お客さまのところへ見本をお持ちするにも、一度に運べる数には限度があります。その点『店前売り』なら、お越しいただいたお客さまに、数多くの品をじかに見ていただけます」

一見客《いちげんきゃく》でも大事にするのはもちろんのこと、越後屋では反物の切り売りもした。かつて呉服屋では一反からの販売が当たり前だった。「御法度」とされていた切り売りを、客の求めに応じて始めたのが、越後屋なのである。

「お急ぎのお客さまには、二刻（約四時間）ほどで即座に仕立てる『仕立て売り』も行っておりましてね」

他の店より安くて、選択の幅が広がる――越後屋に客が集まらないわけはなかった。

「店主たちが代々語り継いできた話によると、越後屋は同業から目の敵にされて、ひどい嫌がらせを受けたそうです」

客を奪われたと怒った同業たちは、越後屋の奉公人を引き抜こうとしたり、訴訟を起こしたりした。店先に糞尿《ふんにょう》を撒かれたこともあったという話に、ちはるは驚いた。

「商売敵からの数々の邪魔立てを避けるため、越後屋は本町を出て、駿河町に移りました」

移転したあとも、怪文書が出回るなど、妨害はしばらく続いたという。

「やっと嫌がらせがなくなってきたのは、大奥御用達になってからだと聞きました」

貞享《じょうきょう》四年（一六八七）――駿河町に移転してから四年が経っていた。

「今、駿河町にひるがえっている暖簾印の『丸に井桁三』は、三井家の三のみならず、天地人の三才を意味しているんですよ」

丸が天、井桁が地、三が人を表しているのだという。

「天の時は地の利に如《し》かず、地の利は人の和に如かず、という言葉があります」

中国の思想家、孟子《もうし》が残した言葉である。

天が与えてくれた好機も土地の有利な条件には及ばず、土地の有利な条件も団結した人の心には及ばない――つまり、事を成すには人の和が最も重要なのだという意味である。

「越後屋では、人を大事にしております。人がいなければ、仕事はできませんからね。奉公人たちを叱ることも、もちろんございますが」

完蔵はおふさの目をじっと見た。

「奉公人たちには『失敗を恐れずに、仕事を作れ』と、主や番頭たちは常々申しております。どんな困難の中でも、あきらめない者が生き残るのだ、と」

おふさは真剣な表情で、完蔵の目を見つめ返した。

「あなたが三年前ご覧になった手代も、あきらめずに精進《しょうじん》を続けました。奉公人の中には、『朝日屋に負けない』と気張っている者もおりますよ」

おふさが「えっ」と声を上げる。

ちはるも目を丸くして、思わず調理台の上に身を乗り出した。

「朝日屋さんが看板を上げた当初のご苦労は、わたしどもの耳にも入っております。何せ、すぐ目と鼻の先におりますからね」

完蔵が、ちらりと調理場へ目を向けた。

「朝日屋の膳は、一汁四菜――四は、死に繋がる数字だと言って忌み嫌う人たちも多いですが、朝日屋では幸せの『し』だとおっしゃって、困難に負けず踏ん張った」

ちはるは調理台の前でうなずいた。

完蔵が微笑む。

「かつて越後屋の印が『四つ目結』だったこともあり、わたしどもは『四』という数字に親しみを持っております。その『四』に幸せをかけて、お客さんに出している朝日屋さんには、何やら同志のような思いを勝手に抱いているんですよ」

「そりゃあ光栄だ」

いつの間にか完蔵の近くに来ていた怜治が、口角を上げながら一礼した。

「今後とも、贔屓《ひいき》に頼みますぜ」

「こちらこそ、よろしくお願いいたします」

辞儀を返した完蔵が「あっ」と声を上げて膝を打った。

「贔屓という字の中にも、貝が四つ――」

怜治が楽しげに笑う。

「こりゃあ、めでてえこった。今度また来てくれた時には、貝を出さなきゃいけねえなあ」

完蔵が、うっとりと目を細めた。

「貝といえば、故郷のあわびが懐かしい」

怜治が小首をかしげる。

「どこのご出身で？」

「主と同じく伊勢の出なんです」

ちはるの隣で、慎介が納得したようにうなずいた。

「伊勢では、あわびがよく獲れるんだ」

伊勢神宮の神饌《しんせん》としても、あわびが供えられている。およそ二千年前、倭姫命《やまとひめのみこと》に海女《あま》が献上したことが起源といわれている。

「あわびか……」

慎介が小声で唸った。

「ちょうど旬だし、おこんさんの還暦祝いに、あわびを出すか」

慎介がちはるを見た。

「生きたあわびを扱ったことはあるか？」

「いえ、ありません」

夕凪亭で父が調理しているのを見たことはある。しかし高級な貝なので、ちはるは触らせてもらえなかったのだ。そのせいか、祝い膳を考えた時も頭に浮かばなかった。

「あわびも、長寿を祝う食材だといわれていますよね」

慎介がうなずく。

「祝儀に欠かせねえ熨斗《のし》あわびは、あわびの身を薄くそいで、長く伸ばして干したものだ」

長く伸びるところから、永く栄えるという意味を持たせて、めでたいとされている。熨斗あわびを水に浸して柔らかく煮て食べると長寿になるともいわれており、かつては不老不死の妙薬であると考えられていた。

「貝から採れる宝玉に、真珠ってえのがあるが、まれに、あわびの中から出てくることもあるらしい」

「そうなんですか！」

ちはるは声を弾ませる。

「ますます、おこんさんのお祝いにふさわしいって感じじゃありませんか。今回は、少し値の張る食材を選んでも大丈夫そうですし、あわびも使いましょうよ」

「おう、明日、鉄太さんに頼んでおくか」

「はい」

おこんに食べてもらうあわびから真珠が出てきたらいいのに、とちはるは思った。

　翌早朝、ちはるは慎介とともに魚河岸へ向かった。初めて市場に足を踏み入れるという、おしのも一緒である。

「すごい人出ですねえ」

　おしのが不安げな表情で周囲を見回した。

　さまざまな男たちが通りを行き交っている。尻切《しりき》れ半纏《ばんてん》の男たちは仕入れにやってきた棒手振《ぼてふり》、袴《はかま》姿の武士たちは武家の買い出し人だ。

　すぐ脇を勢いよく進んでいく男たちをよけて、おしのがちはるにぴったりとくっついた。

「行きますよ」

「はい」

　通い慣れた道を突き進んでいく慎介とちはるに遅れず、おしのもあとをついてくる。ちらりと振り向いた時に見えた表情は、必死そのものだ。仕入れの邪魔にはならないという宣言通り、はぐれたりして、ちはるたちに迷惑をかけてはいけないと思っているのが手に取るようにわかる。

　仲買人の鉄太の店へ着くと、おしのは乱れた鬢《びん》を両手で撫《な》でながら、板舟《いたぶね》の脇でほっと息をついた。

ちはると慎介は板舟の前に立ち、ずらりと並べられた魚を凝視する。

新鮮な魚のにおいが、ちはるの鼻先に流れてきた。まるで深い海の中を列になって泳ぎ、生きたまま宙を越えて日本橋《にほんばし》までやってきたかのような、みずみずしいにおいだ。

すんと鼻を鳴らして、ちはるは息を大きく吸い込んだ。

板舟の上に載っている魚の中で、最も新鮮なのは――。

「伊佐木《いさき》ですね」

ちはるは断言した。

「さわやかな磯《いそ》の香りが、伊佐木から流れてきて、心地よいです」

板舟の端に並んでいる伊佐木の前に、ちはるはかがみ込んだ。おしのが背後に立つ。

「透き通った黒目が綺麗ですよね。それから、身がしっかりと肥えています」

おしのに向かって説明しながら、ちはるは尾を指差した。

「本当だ、お腹《なか》だけじゃなくて、しっぽのほうも太いですね」

ちはるが背中のほうに指を向けると、おしのは身を乗り出して伊佐木を見た。

「背中も盛り上がっていますよね。鱗《うろこ》が剝がれず、びっしりついていますから、漁師さんたちが丁寧に扱っていたとわかります」

「はい」

おしのは真剣な表情で伊佐木を見つめ続けていた。

ちはるは立ち上がり、慎介を見上げる。

「塩焼きもいいですけど、今日は刺身がいいと思います。この伊佐木は、とにかく新鮮ですから」

慎介はうなずいて、店のほうへ目を向けた。

向こう鉢巻きをしめた鉄太が、濡《ぬ》れた地面を下駄で踏みしめ近づいてくる。

魚河岸の売り場は常にぬかるんでいるので、ここで働く男たちは草履ではなく下駄を履いているのだ。

「ちはるの鼻は相変わらずよく利くなあ。その伊佐木は、ついさっき届いたばかりの代物だぜ」

ずんと体の芯に響くような低い美声で、鉄太はいかつい顔をほころばせた。

軽い挨拶を交わして、慎介が問う。

「あわびはあるかい」

鉄太が片眉を上げた。

「朝日屋であわびとは珍しいな。祝儀か何かか？」

慎介がうなずく。

「祝い膳の注文が入っているんだが、今日はひとつだけ買って、ちはるにあわびの扱い方を教えようと思ってな」

「えっ」

ちはるは思わず叫んだ。

「あたしが触ってもいいんですか！」

慎介は微笑む。

「怜治さんのお許しも出てる。怜治さんは昔、何度か食べたことがあるそうなんだが、他のみんなはあわびの味を知らねえだろうから、ってよ」

朝日屋では、客にいつ誰が何を聞かれても困らぬように、全員で料理の味を見ることになっているのだ。

「でも、さすがに、あわびは無理かと思っていました」

慎介はうなずく。

「おれも、そう思ったんだがよ」

鉄太が感心したように目を細めた。

「さすが朝日屋の旦那、奉公人思いだぜ」

ちはるは唸る。

「それはそうなんですけど……やっぱり、お許しの出た一番の理由は、怜治さんが食べたいからなんじゃ……」

慎介とおしのが神妙な顔で目を見合わせた。

「まあなあ、みんなでひと切れずつでも、あの人が遠慮するわけねえよなあ」

「一番厚く切ったところを寄越せ、なんて言い出さないでしょうね」

「うん――だが、怜治さんだからなあ」

二人がひそひそ話している間に、鉄太が店の奥から小桶《こおけ》を持ってきた。

「ほら、あわびだぜ。房総《ぼうそう》で獲れたやつだ」

ちはるの手の平くらいの大きさのあわびが四匹、海水に浸されて入っていた。傷がないのを見せるためだろう、みな身を上向きにされている。

おしのもちはるの隣に並んで、桶の中を覗き込んだ。

「あさりやしじみと違って、あわびの貝殻は一枚なんですね」

おしのの言葉に、鉄太が口角を上げた。

「あわびの殻は平たくて、さざえみてえな螺旋になってねえから、片側の殻を持たねえ二枚貝の一種だと思う者もいるがよ。こいつぁ巻き貝の一種なんだぜ」

おしのは驚いたように口を半開きにした。

「それじゃ『あわびの片思い』って言葉は、昔の人の勘違いから生まれたんですか」

あわびは一見すると、二枚貝の片側の殻しかないように見えるので、片方だけが恋い慕う「片思い」の状態にたとえられた。

「勘違いだったかどうだったかは知らねえがよ」

鉄太は目を細めて、愛おしむようにあわびを見る。

「万葉集にも『あわびの片思い』を詠んだ歌が載ってるって聞いたぜ」

「そうなんですか、風流ですねえ」

おしのが感嘆の眼差《まなざ》しを、あわびに向けた。

桶の中で、うねうねと波立つように身をくねらせている。

「う、動いてますね」

鉄太が得意げに胸を張った。

「うちには活《い》きのいいやつしか置かねえぜ」

「丸々と太った大きななめくじのように見えるのは、気のせいでしょうか……」

おしのの言葉に、慎介が苦笑する。

「お客さんの前では、なめくじなんて絶対に言うなよ」

「は、はい、すみません」

ちはるはあわびを凝視した。

目にするのは初めてではないが、さて、どうやって選んだらよいのか……。

じっと見つめていると、ふと、桶の中から漂ってくる磯の香りが濃くなったように感じた。あわびの放つ生命の香りか。

ちはるは四匹のあわびを端から順に見つめた。

どれだ――どいつが、この芳醇《ほうじゅん》な香りを放っているんだ――全身から力強く甘みを溢《あふ》れ出させているような、たくましいあわびは――。

「これだ」

ちはるは左端にいる一匹を指差した。

鉄太が「うへえ」と悲鳴のような声を上げる。

「何でわかるんだよ、ちくしょう。鼻がいいにもほどがあるぜ」

鉄太は抱えている小桶の上に、がっくりと首《こうべ》を垂れた。

「おめえが指差したのは今朝《けさ》入ってきたやつで、他の三匹は昨日の夕方に入ってきたやつだ。さっき料亭のもんが大量に買っていったんだが、でかいのから選んでいったら、この四匹が残ったんだよ」

ちはるが選んだあわびに、慎介も見入る。

「身も厚いな。よし、これにしよう」

仕入れを終えると、ちはるたちは朝日屋の調理場へ戻った。

調理台の上で激しくうねるあわびを、朝日屋一同は固唾《かたず》を呑《の》んで見守った。

殻から抜け出さんばかりに大きく身をよじる姿は、確かに巨大なめくじにも似て見えたが、ちはるは黙っていた。おしのも口をつぐんでいる。

おふさが顔をしかめた。

「どうして、あわびなんですか」

挑むような目で、慎介を見上げる。

「わたしはあわびを食べたことがありますけど、こりこりしていて硬いですよね。老齢のおこんさんにお出しするには不向きなんじゃありませんか」

さすが橘屋の娘だ、いいものを食べている、とちはるは内心で呟いた。

慎介が口角を上げて、おふさを見下ろす。

「おめえが食ったのは、刺身だろう」

「はい」

それが何かと言いたげな目で、おふさは慎介を見つめ続ける。

「あわびの身を小せえ角切りにして、塩水に浮かべて食うのを『水貝』というんだがよ」

磯の香りが漂う清涼な料理だという。

「あわびを生で食うと、おめえの言う通り、硬い。だから年を取った者には生で出さず、火を入れてやわらかくして出せ、とおれは親方に教わった」

おふさがあわびに顔を向ける。

「火を入れると、やわらかくなるんですか。だけど――」

どれだけやわらかくなるものかと怪しんでいるようだ。

「一時以上かかるが、まあ楽しみに待ってな」

おふさは、ぎょっと目を見開いた。

「そんなにかかるんですか！」

おしのも驚いた表情で、慎介を見ている。

慎介は大きくうなずいた。

「中途半端な火入れじゃ、あわびはやわらかくならねえ」

ちはるに目を移して、慎介は続ける。

「おこんさんの祝い膳では、酒蒸しにする」

「はい」

慎介の指示で、ちはるは包丁を手にしてあわびの前に立った。

「殻ごと蒸す者もいるが、おれは殻をはずしてから火を入れる。まんべんなく火を通すためってえのもあるが——」

慎介は上向きにしたあわびの身を指差した。

「あわびは、こっち側で岩場にくっついているんだ。砂や汚れがついているのを取らなきゃならねえが、身の裏側にも汚れは溜まる」

だから殻から身をはずし、全面を洗うのだと慎介は言う。

「殻の薄いところから、真ん中にある貝柱を目指して刃を入れてみな」

「はい」

あわびは調理台の上で身をくねらせている。

まだ生きている——命あるものを調理するのだという思いが、ちはるの中に改めて強く湧き上がった。

ちはるは気を引きしめて、あわびをつかんだ。ぐにゃりとやわらかいかと思っていたが、意外と硬い。動かぬよう左手でしっかりあわびを押さえると、ちはるは右手で握っている包丁の刃を思い切って貝殻と身の間に差し入れた。

「一度で全部切り取ろうとしなくていい。とにかく身を傷つけねえように、貝柱を殻からはずすんだ」

「はい」

包丁を貝殻のほうに押し当てるようにしながら、貝柱を切っていく。

「取れました」

だが身を持ち上げると、貝殻にほんの少しだけ貝柱が残っていた。あわびを傷つけぬよう慎重になるあまり、身を削ってしまったのだ。

「すいません」

高級な食材を無駄にしてしまった、とちはるは落ち込む。

「初めてだから仕方ねえ」

慎介の冷静な声にうなずいて、ちはるは貝殻に残った貝柱を包丁の刃先で削り取った。あとで身とともに蒸そうと決める。

「殻から身をはずしたら、今度は貝柱の周りについている肝と紐《ひも》を切り離す」

「はい」

慎介から指示されるままに手を動かした。

「肝を軽く引っ張りながら――そうだ、貝柱の周りをぐるっとなぞるように包丁を当てていけばいい。肝を傷つけねえよう、丁寧にな」

「はい」

慎介があわびを指差す。

「ここが口だ。両手で、ぐっと押し込むようにして取れ。――そうだ、それでいい」

あわびの身を洗う。

「たわしで身をこすって、汚れを落とすんだ。身についている模様が落ちても、気にしなくていい」

「はい」

たわしでこすっていると、あわびの身がきゅっと硬くなった。

「力が強過ぎたんでしょうか……このまま、どんどん縮んでいったりは……」

「大丈夫だ。触って縮むのは、活きのいい証拠だからよ。火を入れたら、やわらかくなる」

水で汚れを洗い流し、ぬめりを取ったら、今度は蒸す。

浅めのどんぶりに、貝柱を上にしてあわびを置いた。

「ひたひたに身が浸《つ》かるくらい、どんぶりに酒を入れるんだ。少しだけ塩を入れてな。あわび本来の味を消さねえよう、塩はほんのちょっとでいい」

「はい」

どんぶりごと蒸籠《せいろ》に入れて蒸す。

あわびの入った蒸籠を見つめて、ちはるは大きく息をついた。初めて扱う食材に、自分が思っているよりずっと緊張していたようだ。

慎介が湯呑茶碗《ゆのみぢゃわん》に水を汲《く》んで、ちはるに差し出した。

「ありがとうございます」

慎介はうなずいて、ちはるの隣に並んだ。

「あわびってのは、生きる力が強《つえ》え生き物だ。身の筋が立派だから、たくましくてよ。上手くやれば、生きたまま、かなり遠くまで運べるって話だ」

水を飲むと、ひんやりした潤いが喉を伝って、体の芯まで流れていく。

「あわびは海女さんが海ん中に潜って獲るんだが、その苦労は並大抵じゃねえはずだ」

ちはるは湯呑茶碗を握りしめて、再び蒸籠を見つめた。

　このあわびも、女が獲ったのか――。

「女の料理人なんか認めねえと言って、おめえを侮る者もいるだろう。だが、命懸けで海に潜って、あわびや海老を獲る女たちがいるんだ。おめえも負けちゃいられねえぞ」

　ちはるは大きくうなずいた。

「蒸している間に、あわびの殻を煮沸して磨くんだ。酒蒸しの器にする。それから、肝と紐に醤油を絡めて焼くぞ」

「はい」

　ちはるは湯呑茶碗をあおり、残っていた水を飲み干した。

　開け放してある勝手口から涼やかな風が吹き込んでくる。だが、ちはるの心身は冷めない。海女たちの姿を思い浮かべながら、よりいっそう熱くなるのだった。


　しばらくして、あわびが蒸し上がった。

　やわらかさを確かめるため貝柱に竹串を刺すと、もっちりとした感触が指に伝わってきた。

「え……」

　ちはるはあわびを凝視する。洗った時の硬さが消えてなくなっていた。

「もっと火を通せば、もっとやわらかくなるんですか」

慎介が唸る。

「おれも一時半を超えて蒸したことはねえが、あんまり長く火を入れ過ぎると、あわびの旨《うま》みが抜けて、蒸し汁が濃くなっちまうんじゃねえか」

ちはるは、どんぶりに残った汁を覗き込んだ。

「あわびから出汁が出ているんですよね。まさか、このまま捨てるなんて真似は——」

慎介が、にっと笑った。

「蒸し汁で、つけ汁を作る」

ほんの少し醬油を垂らして煮詰めるのだという。

「刺身に煎り酒を添えるみてえに、酒蒸しにつけ汁を添えるのよ」

あわびの身を食べやすい幅に切り、生きていた時の姿と同じように殻の中に戻す。つけ汁を添え、焼いた肝と紐も一緒に入れ込み座敷へ運べば、待ち構えていた朝日屋一同が歓声を上げた。

車座になったみなの前にあわびを置くと、怜治が身を乗り出した。

「いくぜ」

ひと切れ箸でつまむ。たまお、綾人、おしの、おふさも箸を手にして、順にあわびを取った。慎介があわびをつまむと、最後のひと切れになった。

ちはるも箸で取り、小皿の上に置く。

磯の香りが淡く漂ってくる。酒に浸され、蒸されても、あわびは芳香を失っていない──それどころか、甘みを伴った心地よい潮風を漂わせているかのようだ。磯貝としての矜持《きょうじ》を、まざまざと見せつけられているような心地になる。

茶色いあわびの切り口は白く、とても美しい。器にした殻を見ると、艶々と虹色に輝いている。

「いただきます」

みな一斉に、細長く切った身の半分を口にした。まずは、あわびそのものの味を知り、その次につけ汁で食べる算段だ。

嚙んで、ちはるは目を見開く。

やわらかい──。

じっくり時をかけて蒸すと、こんなにしっとりふくよかな嚙み心地になるのか。

嚙むほどに染み出てくるあわびの甘みが、ちはるの舌の上に広がっていく。深い磯の風味が体内を駆け巡り、まるで海の底の岩場に差し込む光を一身に浴びたかのような心地になる。

ほうっ、と周囲からため息が上がった。

「ふっくらしてるわ」

たまおの言葉に、おしのがこくこくとうなずく。

「でも、噛みごたえがちゃんとあって――もちもちしてます」

おふさは残りの半分を箸でつかんだまま呆然《ぼうぜん》としていた。

「違う……わたしが食べたあわびとは、あまりにも違うわ」

慎介が口角を上げた。

「どうだ、あわび料理は硬いだけじゃねえんだぜ」

身じろぎひとつしないおふさに向かって、たまおが微笑む。

「一平さんの江戸案内と、彦兵衛さんの古稀祝いをやり遂げたあと、おふさちゃんは怖くなっちゃったのよね。あれ以上のことは、もうできないんじゃないか、って」

おふさはあわびの残りと箸を小皿の上に置いた。

「最高の仕事をしたら、その次はどうしたらいいのかわからなくなったんです。前回よりさらにいい仕事を、と思いながら毎回挑まなきゃならないと思うと、何だか苦しくなってしまって」

膝の上で拳《こぶし》を握り固めて、おふさは顎を引く。

「でも、たまおさん言ってましたよね。『失敗を恐れずに挑みましょう』って。越後屋の完蔵さんも同じことをおっしゃっていましたよね。『どんな困難の中でも、あきらめない者が生き残る』って」

おふさは、おしのを見た。

「おこんさんの還暦祝いは、精一杯おしのさんの補佐をします。でも。その次にお祝いの席を受ける時は、わたしが必ず仕切ります。もう怖《お》じ気《け》づいたりしません。仲居の仕事を究《きわ》めたいんです」

おしのが破顔した。

「わかりませんよ。今度もまた、わたしが仕切らせてもらうかもしれません。わたしだって成長しているんですから」

おふさは笑い返して、大きくうなずく。

怜治がかじりかけのあわびを、つけ汁に浸した。

「まあ、二人ともあせらねえこった。あわびを蒸すのと同じで、じっくり時をかけて究めていけばいいのさ」

残りのあわびを嚙みしめて、怜治は唸る。

「あますところなく、見事にあわびを使い切ったな」

つけ汁も飲み干し、怜治は目を細めた。

「美味かったぜ」

ちはるの胸が温かくなる。

美味かった――それは料理人にとって、最高の褒め言葉なのだ。

おこんの還暦祝いは、なごやかに進んだ。

朝日屋一同は力を合わせて小森屋の人々をもてなし、食事処の客たちや泊まり客にもしっかりと対応した。

祝宴を終えて二階から下りてきたおこんは、まっすぐ調理場へ向かってきた。

「とても贅沢なお膳を、ありがとうございました。あわびがとっても美味しかったですよ」

おこんは目を細めて、くしゃりと笑った。

「高級な食材を使っているから言ってるんじゃありませんよ。さっき仲居さんに聞いたら、一時以上かけて、あわびを蒸してくださったんですってねえ」

おこんは頰に手を当てる。深いしわが刻まれた手だった。

「昔、忙しい時は、台所で立ったまま湯漬けをかっ込んだりしていましてねえ。一室貸し切って、一時かけて食事をするだけだって贅沢なのに、料理にも大変な手間暇をかけていただいたなんて……」

おこんの目尻に涙が浮かぶ。

「死んだ亭主にも食べさせてやりたかった」

おこんがじっと、ちはるを見る。

「朝日屋に女の料理人がいると聞いて、一度ここへ来てみたかったんですよ」

ちはるは戸惑《とまど》う。

「あたしですか……？」

おこんはうなずいた。

「実はね、うちの店は潰れるかもしれない危機があったんですよ。わたしの亭主の代になってからの話なんですけどねえ」

小森屋のために何かしたくても、商売などまるでわからない自分にできることは何もなかった、とおこんは語った。

「わたしはただ、家族と奉公人のために食事を作り続けていただけです。あれほど自分が無力だと思ったことはありませんでしたよ」

だが、ある日、奉公人の一人が言ってくれたのだという。

――おかみさんのご飯のおかげで、何とか頑張れています――。

「こんなわたしでも、みんなの役に立つことができるんだって思いました」

おこんは毎日、心を込めて食事を作り続けた。

「うちの亭主とは、惚れた腫れたで一緒になったわけじゃありませんでしたけど、子まで生《な》した仲ですから、次第に情が湧きましてねえ」

一之介がおしのに語っていた通り、大家族の長女として長年過ごしてきたので夫や奉公人の世話はさほど苦にならなかった、とおこんは微笑んだ。

「亭主のことも最初は駄目な男だと思っていましたけど、一緒になってしまったからには、投げ出すわけにはいかないでしょう。踏ん張って、女の意地を見せなきゃ、なんて思ったりしてね」

　おこんは優しい笑みをちはるに向けた。

「朝日屋に若い女の料理人がいると聞いた時、煮売り屋で働いていた娘時分を思い出しましたよ。わたしには、あんなすごいお膳を作ることなんてできなかったけど、料理を食べていると、きっと精一杯作ってくれたであろう料理人の気持ちが、味にしっかりこもっている気がして」

　ちはるの胸が熱くなった。目が潤んでくる。

　おこんは、おふさに目を移した。

「あなたも素晴らしい働きぶりでしたねえ」

　おふさは驚いた表情で頭を振る。

「わたしは何も……場を仕切らせていただいたのは、こちらの者で」

　おふさが手でおしのを指し示す。

　おこんはうなずいた。

「もちろん、この方のおもてなしは嬉しかったですよ。わざわざうちに足を運んで、いろいろ気遣ってくださったんでしょう。でもね」

おこんは胸の前で、しわだらけの手を握り合わせた。

「あなただって、陰で細やかな気遣いをしてくださったでしょう」

料理を食べ進める様子を見ながら茶のお代わりを運んだり、汁物をこぼしてしまいそうになった時すぐに動ける姿勢を取っていたり。

「奉公人たちの食事の世話をしていた時のことを思い出しました。お代わりを我慢している子がいないか、みんなが食べている様子に、いつも目を配っていたんですよ」

おふさは涙をこらえるように、瞬きをくり返した。

おこんは目を細める。

「働くとは、傍《はた》が楽になることだと、わたしは思うんです。目立たなくてもいい。周りが楽になるように動ければ、それでいいんだ、って」

おふさとおしのは感じ入ったような表情で丁寧に一礼した。

おこんは朝日屋一同を見回す。

「本当に、ありがとうございました。ごちそうさまでした」

ちはるも深々と頭を下げて、おこんを見送る。

息子夫婦とともに曙色の暖簾をくぐって去っていくおこんの後ろ姿に、ちはるは手を合わせたくなった。

どうか、いつまでもお元気で、また食べにきてください――。

空になって下げられてきた祝い膳の上に、器として使ったあわびの殻が載っている。しっかり洗って磨き上げた殻の内側は、まるで真珠のような虹色に輝いている。

惚れた腫れたで一緒になったわけではないという、おこんと繁太郎夫婦だが、間違いなく二人は「あわびの片思い」ではなく「両思い」だったのだ、とちはるは思った。

第二話　異変

「おれはこの目で見たぜ！　火盗改の大立ち回りをよぉ」

客の得意げな声が、入れ込み座敷に響き渡った。食事処の客たちが一斉に、その男へ顔を向ける。

「頬《ほ》っかむりをして刃物を持った盗人《ぬすっと》たちが通りに飛び出して、捕まってなるものかと必死で暴れ回ってたんだ」

身振り手振りを交えながら、客は周囲の者たちに説明する。

「だけど火盗改も負けちゃいねえ。斬りかかってくる賊をねじ伏せ、怪我《けが》を負いながらも取り押さえたのさ。あれが押し込み先を皆殺しにする『鬼火《おにび》の茂松《しげまつ》』一家だったとは、瓦版を見て驚いたの何のって」

周囲の者たちが、ほおっと感嘆の声を上げる。

「それにしても、すげえ偶然だよなあ。ずっと追ってた賊を捕まえにいったら、押し込み先で抜け荷をやっていたなんてよぉ」

「いや、まだ決まったわけじゃねえだろう」

客たちは興奮した様子で次々に口を開く。

「瓦版に書いてあったのは、抜け荷の品らしき物が広田屋《ひろたや》にあったってことだけだぜ」

「怪しい品が出てきたってこたぁ、きっとやってたんだろう。悪いことはできねえもんだと、つくづく思ったよ。火盗改のほうも仰天しただろうなあ。ねえ、朝日屋の旦那」

入れ込み座敷の客たちが一斉に、今度は階段のほうへ顔を向ける。

階段の下にいた怜治が鷹揚《おうよう》にうなずいた。

「抜け荷の調べは、火盗改の役目じゃねえからな」

火盗改の役目は、放火、盗賊、博打《ばくち》の取り締まりである。

「唐物屋の主たちも、とりあえず賊と一緒にしょっ引かれていったって話ですが、その後どうなったんですか。町方へ引き渡されたんですか。元火盗改の旦那なら、いろいろご存じでしょう」

客たちは期待のこもった目で怜治を見つめる。

怜治はうんざりしたように顔をしかめた。

「知らねえよ。今のおれは、ただの町人だからな」

「昔のお仲間から、何かお聞きになっているんじゃありませんか。朝日屋には、火盗改の旦那たちも顔をお出しになっているんでございましょう」

客の一人が上げた声に、周囲の者たちが同意する。

「教えてくださいよ、旦那。この日本橋で何があったか、知っておきたいじゃありませんか」

飛び回る蠅《はえ》でも追い払うかのように、怜治は顔の前で手を横に振った。

「おれだって知りてえよ」

懐に手を入れると、取り出した紙を広げてみなの前に掲げる。

「わからねえから、おれも瓦版を買っちまったんだぜ」

客たちはつまらなそうに唇を尖らせた。

「何だ、おれたちと一緒か。朝日屋の旦那なら、絶対に何か知っていると思ったんだけどなあ」

膳に向き直った客たちは不満げな声を漏らしていたが、やがて別の話に移っていった。

少し経つと、捕り物の話などすっかり忘れたかのように、楽しげな笑い声を上げ始める。

怜治は瓦版を懐にしまうと、腕組みをしながら入れ込み座敷を見渡した。

ちはるは調理場で首をかしげる。

何だか不機嫌そうに見えるが、瓦版に書かれた事件が原因だろうか。

昼間に瓦版を買ってきた時、怜治は眉をひそめて独り言ちていた。

――このところ詩門《しもん》が来ねえのは、賊を追っていたからか――。

火付盗賊改《ひつけとうぞくあらためどうしん》同心の柿崎《かきざき》詩門は、かつての仲間だった怜治を訪ねてちょくちょく朝日屋に顔を出していたが、最近はまったく姿を現さない。

凶悪な盗人たちを相手にすることが多い火盗改の任務には常に危険がつきまとうが、詩門も昨年末に負傷していた。火盗改の特権ともいえる「斬り捨て」で切り抜けたのだ。

ちはるは瓦版の内容を改めて思い返した。

本銀町《ほんしろがねちょう》一丁目にある唐物屋、広田屋の主の耕蔵《こうぞう》が「鬼火の茂松」一味とともに捕えられたのは、昨夜のこと。賊が暴れ回った店内から大量の朱が出てきたことから、抜け荷への関与が疑われていた。商売で扱う唐物の荷に、抜け荷で仕入れた朱を隠して運び、江戸でこっそり売りさばいていたのではないか、と瓦版に書き立てられていた。

朱は、赤色顔料としてさまざまなものに使われる。辰砂《しんしゃ》という鉱物から取り出され、漢方薬としても利用されていた。

抜け荷では、朱や織物などを中国から受け取り、日本からは俵物——煎海鼠《いりこ》、干しあわび、ふかのひれ、昆布などを差し出しているという。

怜治が買ってきた瓦版に、先日使ったばかりの食材「あわび」の文字が見えた時には、ちはるも驚いた。

「いらっしゃいませ」

綾人の声に、ちはるは顔を上げた。

橘屋の隠居であり、おふさの祖父である彦兵衛が、まっすぐにこちらへ向かってくる。

「こんばんは。今日も料理を楽しみに来ましたよ」

ちはると慎介は調理台の前で一礼した。

彦兵衛が調理場近くの席に腰を下ろすと、おふさが注文を取りに向かった。きりりとした仲居の顔つきである。

「夕膳と酒を頼むよ」

「かしこまりました。少々お待ちください」

他の客と変わらぬそぶりで注文した彦兵衛だったが、にっこりと下がった目尻がとても嬉しそうだ。可愛い孫娘の働く姿に惚れ惚れとしているのが、手に取るようにわかる。

おふさは表情を崩さぬまま、彦兵衛に膳と酒を運んでいった。一礼して他の客のもとへ向かう姿を見送ってから、彦兵衛は膳に目を落とす。

「ほう、鮎《あゆ》ですか」

本日の夕膳は、鰺の刺身、鮎の塩焼き、茄子の煮浸し、擬製豆腐、白飯、鯛のそぼろ汁――食後の菓子は、枇杷の砂糖煮である。今月は食後の茶に、煎茶か枇杷葉湯かを選べるようにしてあるが、枇杷葉湯を希望する客が多い。

「そいつぁ玉川《たまがわ》（多摩川《たまがわ》）で獲れた鮎です」

慎介が説明した。

「江戸では鮎が獲れねえんで、相模川《さがみがわ》のほうからも運んでくるんですが、玉川から四谷《よつや》にくるほうが近いもんでね」

手酌《てじゃく》しながら、彦兵衛がうなずく。

「鮎問屋は四谷塩町《しおちょう》にありましたな。玉川から甲州《こうしゅう》道中をやってくるというわけだ」

甲州街道は、多摩や秩父《ちちぶ》の産物を運ぶ経路となっている。

「四月頃になって『鮎売りの女を見た』という話が聞こえてくると、ああ夏がきたなぁと思いますねえ」

「彦兵衛さんのおっしゃる通りで」

夜に獲れた鮎を籠に入れ、若い女たちが頭に載せて運ぶのである。夜立ち明け入りで四谷を目指す女たちは、道中で獣に襲われぬよう歌を歌いながら一晩中歩き続ける。

彦兵衛は鮎を噛みしめて、しみじみと目を細めた。

「うーん、いい塩加減ですなぁ。中はふんわり甘く、皮はぱりっと香ばしい。腸《はらわた》まで美味いとは、実に素晴らしい」

「この時季の鮎は苔《こけ》しか食わねえんで、変なくさみがねえんですよ」

慎介は微笑みながら続けた。

「鮎は、海と川を行き来する魚です。川で生まれて海で育ち、また川に戻って卵を産む。最初は虫なんかも食べますが、夏に川を上っていく鮎は、川底の石などについている苔を食べて生きているんで、独特の香り高さを身につけるんです」

彦兵衛は感心したように唸って、再び手酌した。

「鮎の寿命は一年と聞きました」

ゆえに「年魚《ねんぎょ》」という異名を持つ。

「命短い若鮎が懸命に川を上っていく姿は、さぞ美しいことでしょうなぁ。そして、それを捕らえて食べる我々人間の欲深さとは……」

彦兵衛は、残った鮎にがぶりとかじりついた。酸《す》いも甘いも嚙み分けているかのような表情で、鮎を食べつくす。

「ああ美味い。やはり、やめられませんなぁ」

彦兵衛は膳を食べ進めながら、ちびちびと酒を飲んだ。

やがて食べ終えた客たちが次々と帰っていき、調理場も一段落つく。

どこからか聞こえてくる風鈴の音に、ちはるは耳を澄ました。

入れ込み座敷に残る客は彦兵衛のみである。もう少しで食事処を閉める時分だ——と思った、その時。

「いらっしゃいませ」

綾人の声が響き渡った。表口のほうを見ると、下足棚の前に初老の男の姿がある。

彦兵衛が勢いよく振り返った。

「丈一郎《じょういちろう》さん」

呼ばれた男が頭を下げて、彦兵衛のもとへ向かう。

彦兵衛は身をひねって階段のほうへ顔を向けた。

「ちょっといいですかな」

声をかけられた怜治が目をすがめる。

「実は、こちらの丈一郎さんは本銀町一丁目にある広田屋の隠居なのですが」

ちはるは思わず、彦兵衛の隣に腰を下ろした男を凝視した。

今、抜け荷騒動で世間を騒がせている店じゃないか――。

静寂が落ちた。

怜治は顎に手を当て、じっと丈一郎を見やる。丈一郎は疲れ果てたような表情で一礼して、そのままうつむいた。

「綾人、表の灯を消してきな」

丈一郎を見つめたまま、怜治が命じる。下足棚の前にいた綾人はうなずいて、すぐに外へ出た。

彦兵衛が深々と頭を下げる。

「早じまいさせてしまい、申し訳ありません」

怜治は首を横に振った。

「どうせ、あと少しで閉める時分だったんだ」

微笑とも苦笑ともつかぬ笑みを浮かべて、怜治は続ける。

「そこを狙ってきたんだろうがよ」

後ろ頭をかく彦兵衛に、怜治は歩み寄った。

「広田屋の件は、おれも気になっていたんだ」

彦兵衛の前にどっかり腰を下ろすと、怜治は斜向《はすむ》かいの丈一郎を見た。

「あんた、飯は食ったかい」

「いえ、まだ」

怜治がちはるを見た。ちはるはうなずいて、すぐに膳の用意をする。怜治に促され、おふさが酒を運んだ。

「で、広田屋の隠居がおれに何の用だい」

丈一郎の杯に酒を注《つ》ぐと、怜治は手酌した。

「賊と一緒に捕まった耕蔵ってえのは、あんたの娘婿《むすめむこ》だと瓦版に書いてあったが」

丈一郎は硬い表情でうなずいた。

「二年ほど前に、娘と所帯を持たせました」

注がれた酒を舐めて、丈一郎は語り出す。

「わたしには娘が一人しかおりません。妻を早くに亡くし、男手ひとつで育ててまいりました。店は、商売上手と見込んだ男を婿に迎えて継がせようと、前々から決めていたのですが……」

娘のさえが年頃になり、目をつけたのが耕蔵だった。

「耕蔵は、わたしの知り合いが営んでいる酒屋の奉公人でした」

さほど大きな店ではなかったが、愛想がよく話し上手な耕蔵のおかげで、どんどん客を増やしていったという。酒屋の主は「うちに跡継ぎがいなければ養子にしたいくらいだ」と口にするほど可愛がっていた。

「いずれ暖簾分けしてやりたいという気持ちもあったようですが、耕蔵より先に奉公していた者たちを差し置いて店を持たせるような真似もできぬ、と嘆いていました」

怜治はうなずく。

「序列を重んじるってやつだ」

「ええ」

丈一郎は杯をあおった。

「それで、うちに迎えたんです。そんなに優れた男なら、広田屋の客も増やして、身代を大きくしてくれるんじゃないかと期待しましてね」

評判通り、耕蔵は客あしらいが上手かった。耕蔵と話をするために店へ足を運ぶ客もいたくらいだという。

「よい跡継ぎができたと喜びました。おさえとの夫婦仲も、最初はよかったんです。わたしが店を起こした時からいる奉公人たちにも、丁寧に接していましたしね。時には、どちらが奉公人かわからないほど腰が低かったんですよ」

やがて耕蔵は立派な若旦那として認められるようになったという。

「得意先への応対や、仕入れなども、じょじょに任せるようにしました」

丈一郎が補佐に回り、跡取りの耕蔵を見守る形を取った。

「婿だからといって、よけいな遠慮などしてほしくなかったのです。思う存分に手腕を発揮してもらいたいと思い、奉公人たちとの間にも極力入らないようにしました」

すべてが円満にいっていると思われた。

「ですが数箇月経つと、耕蔵がよそに女を囲うようになりまして」

店の仕事には手を抜かない。奉公人たちとの仲も相変わらずよいように見えた。おさえに対して乱暴な振る舞いをするわけでもない。

「それなのに、なぜ――と、わたしが問いただしたら、耕蔵はしれっと言い放ちました」

――息が詰まりそうになったので、外に癒やしを求めたんですよ。古い奉公人たちは何かにつけて、わたしのやり方に難癖をつけてくる。新しい客を増やしているのに、おとっつぁんが店を立ち上げた時代と比べて、それじゃ駄目だと決めつけるんです――。

丈一郎は古参の奉公人たちを一人ずつ呼び出して話を聞いた。すると、耕蔵に対する不満が次々に出てきたという。

――最初は、本当にいい人だと思ったんですがねえ。若旦那のやり方は、このところひどく乱暴ですよ。お客さんに対する誠意がありません――。

――お客さんに礼状を出そうしたら、もったいないと言うんですよ。文《ふみ》に使う紙も墨も、すべて広田屋が買っているんだから、滅多なことで使ってはならんと命じるんです。金輪際よけいな金を使うな、と――。

礼状は、丈一郎が始めた広田屋の慣習だった。品を購入してくれたすべての客に文を出して、その後の使い勝手などを尋ね、健康を気遣う挨拶で結ぶ。

「丁寧に接していると、喜んで返事をくださるお客さんもいましてね。次はこんな物が欲しい、知り合いがこんな物を探している、といろいろなお話をしてくださったりするんです」

すぐには商売に結びつかないこともあるが、丈一郎は客との交流を大事にしていた。

しかし耕蔵は違った。礼状を出すのは上客の数軒だけにしぼり、あとは一見客と同じように扱えと奉公人たちに命じたのである。

奉公人たちは閉口していた。

――無駄を省けという考えもわかりますが、若旦那のやり方じゃ、旦那さんが大事にしてきたお客さんとの縁が全部なくなってしまいますよ――。

丈一郎はため息をついた。

「わたしは悔やみました。耕蔵を立てようと、身を引いたのが間違いでした」

仲睦まじく暮らしていると思っていた夫の仕打ちに、おさえは泣いた。

「もう少し辛抱しろ、とわたしはなだめました」

商家の主が妾《めかけ》を囲う話など珍しくはない。丈一郎とて、若い頃は多少遊んだ。仕事のつき合いで吉原《よしわら》へ足を運んだことも少なからずあったのだ。子供ができれば耕蔵も変わるだろうから、今は目をつぶってやれ、と。

「耕蔵を婿に望んだのは、わたしです。あっちもこっちも何とか丸く収めねばと思いました」

だが、おさえに子供はできなかった。耕蔵の女遊びもやまなかった。

「見かねたわたしは、もう一度強く意見しました」

すると、とんでもない答えが返ってきた。

──おとっつぁんのやり方は、やっぱり無駄が多いんですよ。わたしのやり方で儲《もう》けが増えているんだから、邪魔しないでください。ああ、邪魔といえば、古い奉公人たちも困りものですねえ。わたしに対して文句ばかりですよ。そんなに嫌ならさっさと辞めろと言ってありますが、問題ありませんよねえ──。

丈一郎は絶句したという。

──店を始めた時から尽くしてくれている奉公人たちに、何という真似を──。

怒り声をしぼり出した丈一郎に向かって、耕蔵は笑った。

——おとっつぁんも、わたしのやり方が気に入らないなら広田屋から出ていってくださって一向に構わないんですよ。いつでも隠居していただけるよう、もう手回しも済んでいますので——。

「根岸《ねぎし》に小さな家を用意したから、隠居してのんびり暮らせと言うんですよ」

丈一郎は手にしていた杯を震わせた。彦兵衛が酒を注ぎ足すと、心を静めるように飲み干す。

「商売上手な男を婿に望んだのだって、おさえのためです。あの子が一生食うに困らぬよう、少しでもいい暮らしを続けさせてやりたい一心で。それなのに——耕蔵のもとにおさえ一人を残して、根岸へなど行けるものですか」

丈一郎はかたくなに拒み続けたが、熱を出して寝込んだ折に、移る病かもしれぬと騒ぎ立てられた。

「ただの風邪だったんですよ」

丈一郎は悔しそうに杯を握りしめた。

「奉公人たちと耕蔵の板挟みになって疲れてしまい、体調を崩してしまったんです」

無理やり駕籠《かご》に乗せられ根岸へ連れていかれたが、熱でぐったりしていた丈一郎に抵抗する力はなかった。父親の看病をしろと、おさえも一緒に根岸へ送り出されたのである。

「わたしとおさえの荷物も次々に送り届けられてきましてね」

ついでのように離縁状も届けられたという。好きな時に返し一礼を寄越せ、と耕蔵は代人を通して伝えてきた。

「離縁する際には、広田屋を耕蔵に譲るという文言が添えられていました。婿入りの折に、わたしと約束していたのだ、と」

熱が下がり、文を目にした丈一郎は「そんな馬鹿な」と激昂《げっこう》した。

確かに、耕蔵を婿に迎えた時「いずれ店も家も譲るから、好きにしていい」とは言った。

だが、こんな形で揚げ足を取られるとは夢にも思わなかった。

「急いで広田屋に戻り、耕蔵を追い出さねばと思いましたが」

その前に、古参の奉公人たちが連れ立って根岸の家を訪ねてきたという。

――わたしどもは店を辞めました。今の広田屋には、これ以上いられません――。

丈一郎とおさえを根岸へ追いやった直後から、耕蔵は傍若無人に振る舞ったという。

――広田屋を動かしているのは、このわたしだ。誰にも文句は言わせないよ――。

何人もの女を取っ替え引っ替えしていた耕蔵は、おさえも寝起きしていた夫婦の寝所にまで女を連れ込んだという。

報告する奉公人たちの顔には絶望が浮かんでいた。

――わたしたちが辞めると申し出た時には、すでに新しい奉公人を雇い入れる算段をつけていたんです。若旦那は笑いながら、今すぐ出ていけと言いました。明日からでも別の者たちが来てくれるから、広田屋は大丈夫だ、と――。

――昔からのお客さんは、みんな離れていきました。残っているのは若旦那の贔屓ばかりです。旦那さんが戻っても、広田屋はもう以前とは違う。お嬢さんの居場所だってありませんよ――。

早まったと悔やんでも、もう遅い。すべて耕蔵に乗っ取られてしまった。

おさえは力なく微笑んで、丈一郎に言った。

――おとっつぁん、わたしは戻りたくありません。あの人と夫婦だったことも忘れたいんです。わたしたちとは縁がなかった人だと思いましょうよ――。

耕蔵と縁を切るのはいい。望むところだ。

だが、広田屋は丈一郎が起こした店だ。あきらめられるわけがない。

「おさえではなく、わたしが、なかなか返し一礼を出せなかったんです」

体よく広田屋を出されたのが半年前――年が明けても事態は悪くなるばかりで、信頼していた奉公人たちも辞めてしまった。この先どうしようかと途方に暮れていたある日、辞めた奉公人の中で一番若かった弥助《やすけ》という男が再び訪ねてきたという。

――番頭さんたちと、みんなでやり直そうって決めたんです。わたしたちは力を合わせて、品川《しながわ》で新しい店を立ち上げることにしました。旦那さんも、あの店への未練を捨てて、お嬢さんと一緒に生き直してはいかがですか――。

　丈一郎の表情が、ふっと柔らかくなった。

「まだ十《とお》にもならぬうちから、小僧として仕込んできた者なんです。おさえと同い年でね。負うた子に教えられるとは、このことかと――いや、弥助はもう立派な大人になっていましたよ」

　丈一郎は涙ぐんだ。

「新しい店で、わたしを迎え入れる用意もあるというのです。その気になったらいつでも、おさえと二人で品川に来てくれと……」

　黙って耳を傾けていた怜治が「ふうん」と声を上げる。

「それで、ついに返し一礼を出したんですかい」

　丈一郎は懐から取り出した手拭いで目頭を押さえながらうなずいた。

「ひと月前に、やっと」

　怜治は彦兵衛に目を移す。

「で？　おれに何を聞きたくて、丈一郎さんをここへお連れなすったんで」

　彦兵衛が身を乗り出した。

「広田屋で抜け荷が行われていたというのは本当でしょうか。もし本当なら、いったい、いつから――それによっては、丈一郎さんまで疑われるような羽目にならぬかと心配になりまして」

「なるほど、抜け荷は重罪だからなあ」

過去には、罪を犯した者の妻子が連座で奴《やっこ》となった例もある。

彦兵衛は重々しくうなずいて、怜治の杯に酒を注いだ。

「本来、抜け荷の詮議《せんぎ》は町方のお役目なのでしょうが、今回は火盗改が耕蔵を捕らえていったと聞きました」

怜治は受けた酒を飲んで、睨むように床を見る。

「耕蔵も『鬼火』の一味だった恐れはねえかと、念のため調べているのかもしれねえなあ。お宝を巡って仲間割れしたんじゃねえか、ってよ」

彦兵衛は不安そうに、伏せられた怜治の顔を覗き込んだ。

「拷問《ごうもん》を受け、あらぬことを口走ったりはしないでしょうか。自分の罪を少しでも軽くするため、丈一郎さんの差し金だと言い張ったりしたら……」

怜治が、ふんと鼻先で笑う。

「火盗改の取り調べは、とにかく手荒いからなぁ。武士も僧侶も身分問わずで、白を黒と言うまで責め立てる」

丈一郎は両手で手拭いを握りしめた。

「わたしのことは、まだいい。たとえ疑われたとしても、きっといつか無実が認められましょう。ですが万が一、おさえまで詮議を受ける羽目になったら……」

ちはるは調理場から、じっと怜治を見た。

火盗改の苛烈なやり方は、ちはるもよく知っている。無実の女人が、あんなひどい目に遭っていいはずがない。

朝日屋一同も、非道は許せぬと言いたげな表情で怜治を見つめている。

怜治は浅く笑った。

「大丈夫だろう。火盗改だって、そこまで馬鹿じゃねえはずだ。もし本当に耕蔵が抜け荷に関わっていたとしても、丈一郎さんとおさえさんまで疑われることはねえだろうよ」

ちはるは思わず口を開いた。

「どうですかねえ。火盗改が馬鹿ばっかりだから、夕凪亭の暖簾もなくなってしまったんじゃありませんか」

怜治の顔が強張る。

ちはるは、はっと口をつぐんだ。

「すいません、あたし……」

怜治を責めるつもりなどなかったのだ。

うなだれるちはるの肩に、慎介が手を置いた。その温《ぬく》もりに、ちはるは泣きたくなる。

「そうだな、この世に絶対はねえな」

怜治は嚙みしめるように続けた。

「おれのほうから火盗改に言っといてやるよ。おさえさんは、だいぶ前から離縁状を突きつけられていたんだってな。町方のほうにも口添えしておくぜ」

怜治の頭に浮かんでいるのは詩門の顔だろう、とちはるは思った。

詩門に頼んでおけば安心だ。この頃ちっとも姿を現さないので忙しいのだろうが、賊を追って広田屋に踏み入った火盗改の中に、もし詩門がいたのであれば話は早い。

そして町方とは、定廻《じょうまわ》り同心の田辺《たなべ》重三郎《じゅうざぶろう》だろうか。彼もまた、朝日屋の起死回生を懸けた「重陽の節句の祝い膳」の評者であった。もともと詩門の知り合いで、賊を追う中で何度か手がかりを交換したことがあると言っていたから、今回のように同一の事件に別方向から関わることが、これまでもあったのではなかろうか。

「それは心強い」

彦兵衛が明るい声を上げた。

「もう安心ですよ、丈一郎さん。もし耕蔵が悪事を働いていたとしても、あなたとおさえさんは大丈夫です」

丈一郎は弱々しい笑みを浮かべながら、怜治に向かって一礼した。

「よろしくお願いいたします」

怜治はうなずいて、丈一郎の前に置かれていた膳に目をやった。食べられる心境ではなかったのだろう、手つかずのままだ。

「すっかり冷めちまったな。今、新しいものを用意させますんで」

「いえ、とんでもない。これをいただきます」

丈一郎が慌てて箸を手にした。鯛のそぼろ汁に口をつける。

ちはるは調理台の前で気を揉《も》んだ。冷や汁として作った品ではないのだ。だいぶ味が落ちてしまっているのではないだろうか――。

だが、汁を口にした丈一郎は、椀から顔を上げるとにっこり微笑んだ。先ほどと違い、表情に力強さが感じられる。

「鯛の甘みが身に染みるようで、とても美味いです」

空腹だったことを思い出したかのように、丈一郎は次々と料理を食べ進めた。

「こんなに美味いものを食べたのは久しぶりです」

世辞ではないのだろう、丈一郎は料理を噛みしめながら目を潤ませている。

「このところ何を食べても美味いと感じなかったんですが……幸せの四菜を食べたら元気が出るという、彦兵衛さんのお言葉は本当でした」

ちはるの胸が、きゅっと締めつけられた。

丈一郎の言葉が嬉しいと思う反面、でき立ての、もっと美味い膳を食べてもらいたかったという気持ちが込み上げてくる。

熱いものは、熱いうちに——最高の頃合いで料理を食べてもらうことは、時にものすごく難しいのだと、ちはるは改めて思った。

「ごちそうさまでした」

丈一郎は空になった膳の上を見つめて、大きく息をついた。

視線の先にあるのは、鮎が載っていた皿だ。鮎の腸のわずかなほろ苦さを思い返してでもいるかのように、丈一郎は目を細めた。

「この時期の鮎を『上り鮎』と呼ぶそうですが、今の広田屋は『落ち鮎』ですかな」

悲しげに呟いて、丈一郎は黙り込んだ。

秋になり、産卵の場を求めて川を下る鮎は、卵を産むと衰弱して死んでいくのだ。

もし本当に耕蔵が抜け荷に手を染めていたならば、広田屋には厳しい沙汰が下るだろう。丈一郎とおさえにまで害がおよばずとも、二人が大事にしてきた場所は消えてなくなってしまうはずだ。

耕蔵が抜け荷に手を出していなかったとしても、いったん流れた悪評は人々の耳に残る。抜け荷の疑惑があった店だと言われ続け、客足は遠のくに違いない。大幅に売り上げが落ちれば、やはり店を畳む羽目になるのだ。

彦兵衛が優しく丈一郎の背中を叩いた。

「品川は、ここから近い。わしも遊びにいかせてもらいますよ。孫の吉之助《きちのすけ》も連れていきますので、商売についていろいろ教えてやってください」

「ぜひ」

丈一郎は顔を上げ、気を取り直したように口角を上げた。

「弥助にも、いろいろ教えてやっていただきたい」

彦兵衛は微笑んで、何度もうなずいた。

「ところで、朝日屋さんが気になっていたこととは、いったい何ですかな」

たまおが出した枇杷葉湯を飲みながら、彦兵衛が首をかしげた。

「先ほど『広田屋の件は、おれも気になっていたんだ』とおっしゃっていたでしょう」

「ああ」

怜治は顎を撫でさする。

「火盗改が踏み込んだ場所から、抜け荷の品らしきものが出てきたってえのが、ちょいとねえ。そもそも賊は、いったい何で広田屋に目をつけたのかと思いまして」

怜治はちらりと丈一郎を見た。

「失礼だが、広田屋は『鬼火の茂松』が狙うにしちゃ少々店構えが小せえ。これまで『鬼火』が盗みに入ってきたのは、もっとでかい店ばかりだったんで」

彦兵衛が唸る。

「偶然と呼ぶには、でき過ぎですかな？」

「そう思って、引っかかっていたんですが……」

怜治は迷いを払うように、自分の顔の前で手を振った。

「返し一礼を出した矢先に押し込みが入ったなんていう話を聞いて、おれの気にし過ぎだったかと思い直したところでさ」

彦兵衛がうなずく。

「重なる時は、重なるのでしょうなあ。こんなことが身近に起こるとは、わしも夢にも思いませんでしたよ」

「まあ、そうだよなぁ」

怜治は納得したような声を上げて、居住まいを正した。

「丈一郎さん、ぜひまた朝日屋に来ておくんなさいよ。そん時は、お嬢さんと、品川の店の人たちも一緒に」

「はい、必ず」

丈一郎は怜治の目を見て力強く答えた。

「一陽来復を信じて頑張ります」

約束の印だと言って怜治が渡した曙色の箸紙を握りしめ、丈一郎は去っていった。

曙色は、朝日の色——希望の色だ。

新しい唐物屋で生き生きと働く丈一郎たちの姿が目に見えるようだ、とちはるは思った。

朝日屋に見慣れぬ武士が現れたのは、その三日後である。白髪《しらが》交じりで、錆鉄御納戸色《さびてつおなんどいろ》の着流しをまとっていた。

土間に立ち、ゆるりと朝日屋の中を見回す武士の姿に、ちはるは調理場で首をかしげた。出立する旅人たちを見送った直後なので、泊まり客を訪ねてきたわけでもなさそうだが……。

綾人が歩み寄った。

「いらっしゃいませ。ご用向きをお伺いいたします」

武士は微笑みながらうなずく。

「主はおるかな」

「はい、少々お待ちください」

綾人が呼ぶと、怜治はすぐに二階から下りてきた。

「仕事中にすまんな。わしは目付《めつけ》の新倉格之進《にいくらかくのしん》と申す」

怜治が目を見開いた。

目付とは、若年寄《わかどしより》支配の役人である。旗本や御家人の監察などを役目としていた。

ちはるは調理台の前で慎介と顔を見合わせる。

なぜ、公儀のお役人がここに――。

怜治は訝《いぶか》しむ様子を隠さずに、新倉の前に立った。

「おぬしたちに聞きたいことがあってな。そう手間は取らせぬゆえ、奉公人たちを集めてくれぬか」

「おい、みんな集まってくれ！　急ぎだ！」

新倉が言い終わらぬうちに、怜治が声を張る。

客室の掃除をしていた仲居たち三人がすぐに下りてきた。何事かと言いたげな表情で、怜治と新倉を交互に見やる。

怜治に促され、一同は入れ込み座敷に腰を下ろした。

たまおが茶を出すと、新倉は小さく黙礼した。どうやら威張り散らすばかりの役人ではないようだ。

「実は、安岡左門《やすおかさもん》という男を調べておってな」

怜治が目をすがめる。

「目付の新倉さまがお調べになってるってこたぁ、お武家なんですよね？」

新倉はうなずく。

「ここに出入りしておるはずの、柿崎詩門の実の兄だ」

怜治が目を見開いた。

「詩門の兄貴を、何で——」

詩門が柿崎家の養子だという話は、以前ちはるも聞いている。確か、生家は勘定方だったか。年の離れた兄がいて、兄には男児が三人もいるので、部屋住みだった詩門は養子に出されたのだ。

新倉は茶に口をつけて、ほうっと息をついた。

「本銀町一丁目の広田屋に賊が押し入った事件を存じておるであろう」

怜治は眉をひそめる。

「それが何か」

「仔細《しさい》は言えぬが、広田屋の主の口から数名の武士の名が出てのう。安岡左門も、そのうちの一人なのだ」

怜治が絶句する。

いったいどういうことだ、とちはるは慎介たちと顔を見合わせた。たまおも、綾人も、おふさも、おしのも、みな「わけがわからない」という表情をしている。

新倉は一同を見回した。

「名が出たからには調べねばならぬ。広田屋とどんな繋がりがあったのか、なかったのか、全員について聞き込んでいるところだ」

怜治が思案顔になる。

「火盗改が引っ立てず、新倉さまが聞き込みに回ってるってこたぁ、あくまでも念のための調べってことなんですかい」

新倉は答えずに、ただ微笑んだ。

「安岡左門のことは、みな知らぬようだが。柿崎詩門がここへ誰かを連れてきたことはあるか？」

ちはるたちは首を横に振った。

「柿崎詩門は何日置きくらいにここを訪れるのだ」

たまおが口を開いた。

「この頃は、まったくいらっしゃいません。お役目でお忙しいのかと思っておりました」

新倉がたまおに顔を向ける。

「最後に来たのはいつだね」

「確か、睦月《むつき》（旧暦の一月）だったかと……お怪我をなさったあと、無事なお顔を見せてくださって」

「怪我？」

新倉は怜治を見やる。

「捕り物で負傷したのかね」

「ええ、葺屋町《ふきやちょう》で賊と戦ったんでさ」

「ふむ……火盗改だからな」

怜治がうなずいた。

「今回も『鬼火の茂松』一家を追って、どこかへ潜り込んでいたのかもしれません」

「そうか……」

新倉は再び一同を見回した。

「柿崎詩門を町で見かけた者はおるか」

一同はそろって首を横に振る。

「あの」

おふさが遠慮がちに声を上げた。

「何だね」

新倉は目を細めて、じっとおふさを見た。

「広田屋の耕蔵さんは、本当に抜け荷をしていたんでしょうか。離縁したおさえさんと、先代の丈一郎さんまで疑われるなんていうことはありませんよね？」

「さあ」

新倉は微笑んだ。

「そっちは、わしのお役目ではないのでな。だが今のところ、二人の名は耳にしておらぬ」

「わかりました」

おふさは一礼して口をつぐむ。

新倉は茶を飲み干すと、にこりと笑って腰を上げた。

「忙しいところ、邪魔をしたな。また来るかもしれんが、その時はよろしく頼む」

「ええ」

怜治も立ち上がり、新倉のあとについて戸口へ向かった。

「お供も連れずに、お一人でいらしたんですか」

「うむ」

曙色の暖簾の前で立ち止まると、新倉は振り返った。

「一人のほうが身軽に動ける時もあるのでな。おぬしも昔はそうだったのではないか？」

怜治は苦笑した。

「でも、叱られるでしょう」

「違いない」

新倉は笑いながら右手を軽く振った。

「次は朝日屋の料理を食べにきたいものだ」

前に向き直り、往来のほうへ去っていく新倉の後ろ姿はどこか険しげに見えた。穏やかそうに見えたが、やはり探索中は厳しい役人の顔になるのだろう。

「怜治さん」

おふさが立ち上がった。

「丈一郎さんとおさえさんの件、火盗改と町方には口添えをしておいてくれたんですよね？」

「おう、抜かりはねえぜ」

怜治は一同に向き直った。

「あれからすぐに文を出したんだ。詩門と、秋津《あきつ》さんと、田辺さまにな」

お役目柄すぐ三人に会えるかわからないという事情もあるが、あとで言った言わないと行き違いが生じぬよう、念のため経緯《いきさつ》を書状に残しておいたのだという。

「ちゃんと返事ももらってあるから、大丈夫なはずだ」

一同は安堵の息をつく。

それにしても、秋津にまで文を……と、ちはるは驚いた。

同じ火盗改でも、秋津は詩門とまったく違う。かつて、同輩が死んだのは怜治のせいだと怒り、激しく責めていた。

秋津とは気まずい仲だろうが、丈一郎父娘《おやこ》のため念には念を入れて、怜治は文を出しておいたのだろうか。怜治や詩門より年嵩《としかさ》の秋津は、火盗改内での地位も上なのかもしれない。

「何にせよ」と慎介が口を開いた。

「柿崎さまの兄上が悪事なんかと無縁だってことが、一日も早くはっきりするといいですねえ」

ちはるは大きくうなずいた。疑われるつらさは、ちはるもよく知っている。

「新倉さまもおっしゃっていたが、名前の出た者はみんな調べられているんだ。たいしたこたぁねえよ。あんなもん形だけだ」

怜治の言葉に、一同はうなずいた。

もし本当に悪人だと疑っているのなら、新倉が一人で聞き込みにくるはずもないだろう。ぞろぞろと配下を引き連れて、物々しく登場するに違いない。

ちはるは表口へ顔を向けた。開け放してある戸の向こうで、曙色の暖簾が風に大きくひるがえっている。

ちはるのまぶたの裏で、夕凪亭の紺藍の暖簾もひるがえった。人々の疑念によって、あの暖簾は引きずり下ろされたのだという思いが強く込み上げてくる。

取って代わった真砂庵《まさごあん》の緋色《ひいろ》の暖簾は、いったいいつまで竪川《たてかわ》沿いのあの場所にかかっているのだろうか。永遠ではないことを信じたいと、ちはるは思った。

だが、それよりも今は、詩門の兄の潔白が証明されることを切に願う。

翌朝、曙色の暖簾からひょいと顔を出した人物を見て、ちはるは思わず「あっ」と声を上げた。

「柿崎さま！」

土間に足を踏み入れた詩門の前に、みなが集まる。

「何だよ、この野郎、久しぶりじゃねえか」

強く背中を叩いた怜治に向かって、詩門が深々と頭を下げる。

「申し訳ありません。目付の新倉さまが昨日いらしたそうですね。わたしの使っている手先が見かけたと聞き、やって参りました」

「何で、おまえが謝るんだよ」

身を起こした詩門は疲れたような笑みを浮かべた。

「あらぬところで、わたしの兄の名が出ているようで。わたしまで痛くもない腹を探られてしまい、まいりましたよ」

怜治は肩をすくめると、入れ込み座敷を顎で指した。

「まあ、上がれよ」

怜治と詩門は向かい合って座った。

たまおが茶を運んでいく。

一同は入れ込み座敷の前に並んで、茶を口にする詩門を見守った。みなの視線を浴びて、詩門は少々飲みにくそうだ。

「みんな、おまえのことを心配していたんだぜ」

怜治の言葉に、詩門は目を細めて一同を見た。

「すまなかったな」

ちはるたちはそろって首を横に振る。

「みんな、元気そうではないか」

今度はそろってうなずいた。

ちはるは思わず、しげしげと詩門の顔を見つめた。やはり激務だったのだろう、だいぶ痩せてしまった。食事はちゃんと取っているのだろうか。

慎介が一歩前に出て、遠慮がちに声をかける。

「柿崎さま、朝餉《あさげ》は召し上がりましたか。もしよろしければ、何かお作りいたしますが」

詩門は腹に手を当て、少々気まずそうに慎介を見た。

「実は、何も食べずに出てきたのだ。頼めるか？　簡単なものでよいのだが」

「お任せください」

ちはるは慎介とともに調理場に入った。

先ほど仕入れてきたばかりの新鮮な鯵を下ろして、葱と一緒に卵で閉じる。白飯の上に載せるため、少し濃いめのつゆを作ったが、具の甘みを活かせるよう絶妙な加減を心がけた。

どんぶりによそって運んでいくと、詩門が目を輝かせる。

「これは美味そうだ」

ひと口食べて瞑目した。

「ああ……ふんわりとした卵や鰺が、優しく染みる」

目を開けて、どんぶりの中を凝視してから、詩門は一心不乱に食べた。

怜治が苦笑する。

「よっぽど過酷なお勤めだったんだなぁ」

あっという間に食べ終えた詩門がうなずく。

「張り込みに次ぐ張り込みで」

たまおが茶のお代わりを運んだ。

湯呑茶碗を手にした詩門がほっとひと息つくのを待って、怜治が口を開く。

「で、兄貴のほうはどうなってるんだよ」

詩門は湯呑茶碗を置いて、居住まいを正した。

「養子に出されてから、ほとんどつき合いのなかった兄ですが。お勤めの最中に名前が出てきては、放っておくわけにはいきません。何年かぶりに生家を訪ねて、事情を尋ねてきました」

兄の左門は困り果てた様子で、詩門と対面したという。

——知らぬ者の口からわたしの名が出るなど、あり得ぬ。考えられるとすれば、妬《ねた》みか。それとも、わたしを蹴落とそうとする者がおるのか——。

「父に続いて、兄も勘定吟味役《かんじょうぎんみ》に就きました。同輩の中でも、早い出世だったそうです。勘定吟味役というお役目自体が、そもそも周りの恨みを買いやすいですしね」

勘定吟味役の権限は大きく、勘定奉行とその配下に不正があれば、老中に報《しら》せることもあるという。また、勘定吟味役から勘定奉行へ昇進する者もいた。

「父も引退する前は苦労したそうです」

怜治が、ふんと鼻を鳴らした。

「人の足を引っ張るやつは、どこにでもいるもんだなあ」

「ええ」

詩門は目を伏せた。

「慎介の元弟子が、朝日屋の台所に忍び込んだこともありましたよね」

慎ちはると慎介が考案した食後の菓子「小蜜芋《こみついも》」の調理法を盗まれそうになったのだ。慎介が自分を認めてくれないと不満を抱き、商売敵である黒木屋《くろきや》のもとへ移っていた元弟子は、師の心をまったく理解していなかった。

相手のためを思う気持ちが、必ずしも伝わるとは限らない。

まして妬みそねみを抱いている者であれば、ひどい嫌がらせをしてくる恐れもある。

詩門の兄も、これ以上の出世を阻むために陥れられそうになったのだろうか。詩門の話からすると、かなり政敵が多そうだ。

「そういや、慎介の元弟子はどうなったんだ」

怜治が小首をかしげて詩門を見やる。

「おれが捕まえたあと、おまえに引き渡したよなあ」

慎介を潰そうとした黒木屋を、詩門も探っていたらしいのだ。

「ああ……そうでした」

過去を思い返してうんざりしたように、詩門は顔をしかめる。

「あの男からは、ろくな話が聞き出せませんでした。実際に何かを盗んだわけでもなかったので、そのまま町方に渡しておきましたが、その後は知りません」

「何だよ、おまえらしくねえなあ」

怜治が不満げに唇を尖らせる。

詩門は申し訳なさそうに頭を下げた。

「すみません。あの頃は、少し立て込んでいたもので」

「そうか……」

責任を放棄してしまったような心持ちになったのか、詩門の表情は硬い。

「ま、ちょっと気になっただけだ。しかし、おまえもやりにくいよなあ」

怜治が気遣わしげに話を転じた。

「兄貴の名前が出た件で、火盗改の誰かに何か言われたか」

詩門は暗い表情で首を横に振る。

「ですが、広田屋の詮議からははずされてしまいました」

「そうか」

詩門にかける言葉を探すように、怜治は視線をさまよわせた。

「まあ、少しはのんびりできると思ってよ」

怜治は明るい声を上げて、詩門の肩を叩く。

「身内への疑いを晴らしてえのはやまやまだろうが、勝手に動き回るとろくなことにならねえからな」

詩門は目をすがめた。

「怜治さんに言われたくはありませんよ」

「うるせえ」

と言いながら、いつものようにすぐ言い返してきた詩門に安堵したようだ。怜治は嬉しそうに口角を上げている。

詩門の顔にも微笑が浮かんだ。

「秋津さんにも、おとなしくしていろと言われました。わたしが動けぬ分、あちこち走り回ってくれるそうですよ」

怜治は笑みを深める。

「あの人、体力だけはあるからなあ。おまけに、しつこい。任せておけば大丈夫だろう」

「ええ」

詩門が腰を上げた。

「では、わたしはこれで」

怜治も立ち上がり、戸口まで出る。

「また飯を食いに来いよ」

「はい、ありがとうございます」

帰っていく詩門の後ろ姿は、やはりひどく気落ちしているように見えた。

実の身内が苦しめられた悲しみや、詮議からはずされたいら立ちはいかばかりかと思うが、ちはるたちにはどうすることもできない。

次に詩門が来た時も、また美味い料理を作って出さねば。自分にはそれしかできないのだと、ちはるは改めて思った。

日は過ぎて、むせ返るような夏のにおいが朝日屋に漂う、ある夜のこと。

「ちはるちゃーん、元気だったかーい」

土間のほうから上がった大声に振り返れば、権八郎《ごんぱちろう》が草履を脱ぎながら調理場へ向かって大きく手を振っていた。

今は船宿の主だが、石《いし》の権八郎という通り名を持つ元やくざ者である。ちはるとは天龍寺で出会った。慈照に恩義を感じており、慈照が身内として扱っているちはるを大事にすると明言してくれている。

権八郎のあとに続いて入ってきた、弟分の三人も同様だ。雨音《あまおと》の善四郎《ぜんしろう》は八卦見《はっけみ》、疾風《しっぷう》の大吾《だいご》は駕籠かき、変化《へんげ》の伊助《いすけ》は古着屋として、今はまっとうに暮らしているという。

「ちょっと兄貴、恥ずかしいからすっとんきょうな声を出さないでくださいよ」

権八郎を追い抜かして、素早く入れ込み座敷へ上がってきたのは伊助だ。

「ちはるちゃんだって困ってますよ、まったく」

伊助は調理場近くにどっかりと座り込んだ。

「あっ、てめえ、おれより先にちはるちゃんの近くに行くんじゃねえよ」

権八郎が急ぎ足で来て、伊助の隣に腰を下ろした。伊助よりも調理場の出入口に近い場所である。

伊助は、むっと唇を尖らせた。

「嫌ですねえ、狭量な男は。慈照さまに言いつけますよ」

権八郎はへらりと笑う。

「おれは慈照さまに代わって、ちはるちゃんの働く姿を誰よりも近くで見守らなきゃならねえんだよ」

善四郎と大吾も腰を下ろし、膳と酒を注文した。仲居たち三人がすぐに運んでいく。

本日の夕膳は、鰺の蒲焼《かばや》き、蛤《はまぐり》の時雨煮《しぐれに》、胡瓜とわかめのわさび醤油あえ、海老と青菜の餡かけ豆腐、白飯、白瓜の味噌汁——食後の菓子は、枇杷の砂糖煮である。

「おっ、蒲焼きかぁ」

大吾が満面の笑みを浮かべた。

「鰺は一年中出回っているけど、やっぱり夏の夕鰺は最高だよなあ。鰺売りが持ってくるのを全部買い占めたくなるんだ」

と言いながら、あっという間に鰺を平らげた。

「ちはるちゃん、鰺のお代わりはできるかい？」

「はい、すぐにご用意いたしますね」

大吾はうなずくと、蛤の時雨煮を嚙みしめた。すべてお代わりしそうな勢いで食べ進める。さすが大酒大食会に出たこともある男、相撲取《すもうと》りのような体格は伊達《だて》じゃない。蒲焼きの追加を運んでいくと、すぐに箸をつけた。

善四郎が手酌しながら大吾を睨む。

「ちはるちゃんが作った料理だ。ちゃんと味わえ」

「味わってるよ」

弟分たちのやり取りに肩をすくめると、権八郎は周囲を見回した。

視線に気づいた怜治が歩み寄ってくる。

「どうも旦那、いい夜ですねえ。大川じゃ、蛍が見頃ですぜ。ここへ来る前、おれたちも本所《ほんじょ》のほうへ回って蛍狩りをしてきたんでさ」

「へえ」

怜治は小首をかしげて権八郎を見下ろした。

「蛍はいたかい」

権八郎は杯を掲げて小さく揺らした。

「ゆらり、ゆらりと舞う光が儚《はかな》げで、とても綺麗でしたよ」

「そりゃよかった」

「ですがねえ、旦那。気になることが、ひとつ」

権八郎がちらりと調理場へ目を走らせた。何だか、ちはるの様子を気にしているような。

「真砂庵の主がまた変わっていたことを、ご存じで？」

ちはるの胸が、どくんと鳴った。

「いや、知らねえ」

怜治が権八郎の隣にしゃがみ込んだ。

「久馬がいなくなったあと、小吉《こきち》ってやつになってたんだよなあ」

伊助が裕福な商人を装って探りにいった時、小吉という男が主兼料理人を名乗っていたという。ものすごく不味《まず》い料理が出てきたので、本物の料理人なのかと伊助は訝しんでいた。

「へい。ですが今は、朔太郎《さくたろう》って男が主だそうで。小吉の評判があまりにも悪いんで、すげ替えられた雇われ料理人だそうです。味はそこそこだと、近所の者が言ってました」

権八郎の言葉に、怜治は目をすがめた。

「雇われ――ってこたぁ、今、真砂庵を営んでいるのは誰だ」

「聞き込んでいる最中なんでさ」

調理場まで聞こえてくる話に、ちはるの胸がきしむ。

夕凪亭があった場所は、今どうなっているのか。こんなに簡単に手放すのであれば、どうして奪ったのだ、と久馬を恨む気持ちがまた沸々と煮えたぎってくる。

「ちはるちゃん、大丈夫かい」

呼びかけられて顔を上げると、権八郎たちが気遣わしげな目でじっとこちらを見ていた。

「ちはるちゃんの耳には入れねえようにしようかと、迷ったんだがよ。いつ、どこで知っちまうかわからねえから」

権八郎の言葉に、ちはるはうなずいた。

「ありがとうございます。よそで突然知るよりも、ここで権八郎さんから聞けてよかったです」

「そうかい」

権八郎は安堵したような笑みを浮かべた。

「それじゃ、おれ、膳のお代わりを頼んでいいっすかね」

大吾が手を高く上げた。

「もう一人前食べたいんですけど」

伊助が呆れたように口を開ける。

「さっき蒲焼きをお代わりしたじゃないか。まだ足りないのかい」

「足りねえ」

大吾は即答した。

「まだまだいけるぜ」

慎介が笑った。

「作り甲斐のあるお人だ。ちはる、すぐ用意しよう。味噌汁をよそってくれ」

「はい」

椀と玉杓子《たまじゃくし》を手に、ちはるは大鍋の前に立った。

立ち昇る湯気が、ちはるの鼻先に漂ってくる。味噌と白瓜の甘いにおいに全身を包み込まれた。鼻から大きく息を吸い込むと、出汁の香りが優しく体内を駆け巡って、次第に心が落ち着いてきた。

丁寧に汁をよそって、膳の上に置く。慎介とともに四菜を整えた。

調理場に入ってきたおふさが膳を手にした。

「お運びいたします」

「お願いします」

大吾のもとへ運ばれていく膳を見送る心は、いつも通りだ。

美味しいと喜んでもらえますように——。

さっそく箸をつけた大吾は破顔した。

「うん、やっぱり朝日屋の料理は美味い！」

「ありがとうございます」

ちはるは笑顔で胸を張った。

どんなことがあっても、きっと、料理を作っていられれば大丈夫だ。

「朝日屋さん、どうも」

入れ込み座敷の向こうから、完蔵が歩み寄ってきた。

すっかり朝日屋を気に入ってくれたようで、このところ頻繁に食事処へやってくる。調理場近くの席が空いていれば必ず陣取り、まるで何年も前からの顔見知りのように話しかけてくる。

しかし、さすがは越後屋の目代を務める男だ。非常によく周りを見ていて、こちらの仕事の邪魔になるような声かけは絶対にしない。怜治が他の客と話している最中に声をかけるなど珍しかった。

権八郎たちに会釈してから、完蔵は怜治の顔を見つめた。

「先日、お祝い事で二階の客室を使われたそうですが」

「何だよ、耳が早《はえ》えな」

「実は、小森屋さんとは知り合いなんですよ。祝言を控えて、いい簞笥屋はないかと探しているお客さまに、小森屋さんをご紹介することもございまして」

「そうだったのかい」

「いずれ越後屋の接待をお願いすることもあるかもしれないと思い、ちょっとお話を伺いたいのですが」

ちはるは耳を澄ました。

あの大店の接待を、うちで——？

横目で慎介を見ると、平然とした表情をしている。福籠屋の時代には、商人たちが接待で訪れることも珍しくはなかったのだろうか。

「おう、あっちでゆっくり話そうか」

「お願いします」

怜治は立ち上がると、権八郎の肩をぽんと叩いた。

「それじゃ、ゆっくりしていってくんな」

「へい、ありがとうございやす」

怜治は完蔵を伴い、入れ込み座敷の向こうへ去っていく。

その後ろ姿を凝視して、権八郎が唸った。

「あの男は……」

「さる大店の目代を務めている、完蔵さんという方ですよ」

ちはるが教えると、権八郎はすぐにうなずいた。

「ご存じなんですか？」

先ほどは、互いに知らん顔をしていたが。

「越後屋の懐刀だという話は耳にしてるぜ。相当肝の据わった男らしいな。荒事にも慣れているそうじゃねえか」

ちはるは思わず「えっ」と声を上げた。

ぽっちゃりとした狸顔の完蔵が荒事に慣れているだなんて、とても信じられない。どう見たって穏やかな人物じゃないか。

「あたしも聞いたことがありますよ、兄貴」

伊助が口を開いた。

「越後屋に難癖をつけて金を巻き上げようとしたやつらを、見事に追い払っちまったんでしょう。匕首《あいくち》を突きつけられても、顔色ひとつ変えなかったそうじゃありませんか」

大吾がうなずく。

「越後屋に雇われる前は、行きつけの料理屋に居座ったやくざ者を叩き出したんだってなあ。お運びの娘が絡まれていたところを助けたんだってさ」

その場面を偶然見かけた越後屋の主が、完蔵を目代にしたのだという。

「同郷の出だと知って、なおさら気に入ったみたいだって、料理屋の主が言ってた」

伊助が「ふうん」と声を上げる。

「何だい、おまえもその料理屋に出入りしてたのかい」

大吾はうなずいた。

「安くて美味い店なんだ」

「どこだよ」

「教えねえ」

「何でさ」

「混むと嫌だから」

二人のやり取りなど耳に入っていない様子で、善四郎が目をすがめた。

「あの男、伊賀者《いがもの》を率いた服部半蔵《はっとりはんぞう》の末裔《まつえい》らしい」

つまり忍びの子孫か――。

ちはるは入れ込み座敷の向こうを凝視した。

怜治と談笑している完蔵の姿からは、伊賀者の血筋であるという雰囲気など微塵も感じられない。

「一度手合わせしてみたいものだ」

杯を手にした善四郎の目が剣呑《けんのん》に光っている。

「馬鹿言ってんじゃねえよ」

権八郎が手酌しながら顔をしかめた。

「相手は堅気、今のおめえも堅気だぜ」

「わかっています」

善四郎は酒をあおった。

「だが、この体に流れる血は変わらない」

首をかしげるちはるに、伊助が笑いかける。

「この男も忍びの末裔なんだってさ。先祖は甲賀者《こうがもの》だったらしいよ」

ちはるは目をしばたたかせた。今日は驚くことばかりだ。

「まるで黄表紙か何かの話を聞いているみたいですねえ」

戯作者の茶々丸がこの場にいたら、大喜びしそうだ。

権八郎が酒を舐めて口角を上げる。

「だがよ、ちはるちゃん。知っての通り、世の中には黄表紙よりも波乱に満ちた出来事がたくさんあるんだぜ」

ちはるはうなずく。

自分を始めとした朝日屋の面々も、さまざまな波を乗り越えてここへ辿《たど》り着いたのだ。

「そういやぁ、ここんとこ日本橋もごたついてたらしいなあ」

権八郎が再び手酌する。

「抜け荷騒動があったろう」

伊助が「ああ」と声を上げた。

「広田屋の隠居と娘が、古着を売りに富沢町《とみざわちょう》へ来たんだってねえ」

日本橋富沢町には古着屋が多く並んでいた。

「品川へ行くんで、荷物を減らすんだって言ってたらしいよ。あたしんとこへ売りにきてくれればよかったのにさあ」

伊助の近所で、二人は上等な着物を何枚も処分していったのだという。

「ま、身軽になるのはいいことさ。新しい場所で必要なものは、新しい場所で手に入るだろうからねえ」

日本橋を渡り、旅立っていく父娘の姿が目に見えるようだ、とちはるは思った。

二人の行く先を、きっと美しい朝日が照らしてくれるだろう。

東海道をまっすぐ進み、品川の海のきらめきを眺めながら、かつてともに汗を流して店を立ち上げた仲間たちと再会するのだ。

手を取り合う者たちの笑顔は、海の輝きにも負けぬほど、まぶしい光を放っているに違いない。

近いうちにまた必ず朝日屋に来てほしいと、ちはるは心から思った。

その日がきたら、精一杯のもてなしをしよう。

丈一郎たちが曙色の暖簾をくぐってくる時が必ず訪れると信じて、ちはるは料理を作り続けるのだった。

第三話　新　風

曙色の暖簾の下から、にょっきり覗いている足が二本――さっきから一向に動こうとしない。

調理場から眺めていたちはるは、下足棚の前にいる綾人と顔を見合わせた。

なぜ、入ってこないのだろうか。朝日屋に用がある者ではないのだろうか。

綾人が小首をかしげながら表へ出ていく。

「すんまへん、ちょいとお尋ねしたいんやけど、朝日屋いう旅籠《はたご》はここで間違いあらへんやろか？」

暖簾の向こうで男の声が上がった。

「さようでございますが」

応じる綾人の声も聞こえてくる。

「宿をお探しのお客さまですか？」

「へえ、風来坊茶々丸いう戯作者に『江戸で宿を探すならまず朝日屋へ行け』言われて、ここへ来たんやけど」

ちはるは思わず聞き耳を立てた。

伊勢へ向かった茶々丸が、その道中で行き合う者に朝日屋を薦めてくれたことは以前にもある。

「ありがとうございます。茶々丸さんは間違いなく、うちの馴染みのお客さまです」

綾人に案内されて入ってきたのは、大きな風呂敷包みを背負った旅姿の若い男である。

男は荷物を下ろすと、綾人が運んできた盥《たらい》の水で足をすすいだ。

「ああ、気持ちええ」

足を拭いた手拭いを綾人に渡して、男は大きく息をついた。

「せやけど朝日屋がここにあって、ほんまによかったに。茶々丸さんには一杯食わされたもんでなあ。曙色の暖簾と、旅籠の看板を見ても、まだ半信半疑やったに」

「そいつぁいったい、どういうことだい」

怜治が二階から下りてきた。たまおもあとに続く。おふさとおしのは、まだ二階で客室を整えているようだ。

怜治はしげしげと男の荷物を眺めた。

「長旅かい。仕事道具まで背負ってきたようだが……」

男は興味津々の表情で、怜治の顔を見返した。

「わかるんかいな」

「物見遊山の旅なら、もっと身軽なんじゃねえかと思ってな。それに」

怜治は荷物を指差した。

「あそこに四角い何かを入れてるだろう。大きさからして、ありゃあ道具箱じゃねえのかい」

「さすが元火付盗賊改やなあ。細かいとこまでよう見とる」

男は感嘆の声を上げた。

「あんたが主の怜治さんやろう。おれは宮大工をやっとる、世之介《よのすけ》います。伊勢から来ました」

怜治は入れ込み座敷の奥へ世之介を促した。

「茶々丸とは、どこで会ったんだい。おかげ犬の獅子丸も一緒だったろう。詳しく聞かせてもらいてえ」

調理場の近くに向かい合って腰を下ろしたところへ、たまおが茶を運んでいく。

世之介は茶をひと口飲んで、ほうっと息をついた。首を巡らせ、朝日屋の中をぐるりと見回す。

「しっかりした造りやんなあ。手入れもよう行き届いとる。これだけ綺麗につこてもろたら、建てた大工も満足やろな」

「ありがとうございます」

たまおがにっこりと笑みを浮かべた。入れ込み座敷の床や柱を磨いているのは、主に仲居たちである。仕事ぶりを褒められて嬉しいのだろう。

「やっぱり建物に興味があるんだなあ」

怜治が感心したように目を細める。

「江戸の神社仏閣を巡るんなら、綾人に絵図を描かせるぜ」

「いや、今は……」

世之介は怜治に向き直った。

「茶々丸さんを最初に見たんは、伊勢神宮の前やった。言葉を交わしたんは、その近くの茶屋が初めてやったけど」

世之介の話をしっかり聞きたいと、ちはるは慎介とともに調理場を出た。入れ込み座敷の前に立ち並ぶと、たおまと綾人も横に加わって耳を傾ける。

「茶々丸さんも、獅子丸も、おもーさま元気やったに」

朝日屋一同は安堵の息を漏らした。茶々丸が一緒なので大丈夫だとは思っていたが、やはり獅子丸が無事に伊勢へ辿り着いたと聞くと安心する。

ちはるたちの様子を見て、世之介が微笑んだ。

「危険のないよう、雪が降っとる間は旅籠で過ごして、ゆっくり進んできたら思いのほか時がかかった言うてましたわ」

それでも睦月の半ば過ぎには無事に伊勢へ辿り着き、獅子丸は代参犬としての務めを立派に果たしたという。

ちはるは改めて胸を撫で下ろした。

怜治が首をかしげる。

「それにしちゃ、あいつら帰りがずいぶん遅くねえか。もう夏だぜ」

世之介は苦笑した。

「茶々丸さんは人気者やったでねえ。きっと、あちこちで引き留められとるんやろう。それに、伊勢まで頑張って歩いた獅子丸を少し休ませてやりたい言うてました。獅子丸の飼い主にも、ちゃんと文で了承を取ったそうやに」

伊勢で懇意になった茶屋を文の受け取り先にして、獅子丸の飼い主とやり取りをしていたという。

「往路で出会《でお》うた人たちのもとへ寄りながら、のんびり草加まで獅子丸を送っていくそうやに。獅子丸が伊勢神宮で平癒祈願した、ちょうどその頃から、飼い主の容体がようなってきたっていうで驚きやなあ」

ちはるたちは「えっ」と声を上げる。

「本当か、そりゃ」

勢い込んで尋ねる怜治に、世之介は大きくうなずいた。

「如月《きさらぎ》（旧暦の二月）になってから届いた文に書いてあったに。おれも見してもろたで、間違いありまへん」

ちはるは目を丸くして、慎介と顔を見合わせた。

「何てこった。獅子丸は、本当にたいした犬だぜ」

「ええ、本当に」

たまおと綾人も感嘆の息を漏らして、表情をゆるませている。

「獅子丸の頑張りを、神さまはちゃんと見ていてくださったのねえ」

「可愛くて賢い獅子丸は、道中で出会った人々の心もとろかしたでしょうね」

二人の言葉に、ちはるは大きくうなずいた。行く先々で獅子丸が大人気となった光景が目に浮かぶ。

「あれっ、でも」

ちはるは思わず声を上げた。

「世之介さん、さっき何ておっしゃっていましたっけ」

――茶々丸さんは人気者やったでねえ――。

ちはるは首をかしげた。

「あの、人気者だったのは茶々丸さんじゃなくて、獅子丸のほうですよねえ？」

名前が似ているので言い間違えてしまったのだろうと思い、確かめる。

世之介は苦笑した。

「もちろん獅子丸も人気やったけど、やっぱり人目を引いとったんは茶々丸さんやったなあ。曙色の布を道中合羽《どうちゅうガッパ》みたいに仕立てて、派手な身なりをしとったに」

「はあっ？」

怜治がすっとんきょうな声を上げる。

「何やってんだ、あいつは」

慎介は頭痛をこらえるように、こめかみを押さえた。

「どう考えても、伊勢参りにふさわしい装束じゃねえや」

「お参りの時には、ちゃんと普通の着物やった言うてましたに」

茶々丸をかばうように、世之介が慌てて口を挟んだ。

「伊勢神宮内では、曙色の衣装を脱いどったそうやに」

慎介が唸り声を上げる。

「しかし、何だってそんな」

「決まってるじゃねえか。どうせ戯作のねた集めだろう」

慎介の言葉をさえぎって、怜治が呆れ声を上げた。

「興味津々で寄ってくる者たちを観察して、戯作の中で使おうって魂胆さ」

ちはるの脳裏に「戯作者なのに、戯作が書けない」と入れ込み座敷で嘆いていた茶々丸の姿がよみがえる。「旅の恥はかき捨て」とよく言われるが、戯作を書くためなら、恥を忍ぶどころか嬉々《きき》として恥をかき続けるのだろうか。

「まったく、戯作者ってやつぁ」

肩をすくめる怜治に、世之介が同意する。

「法螺《ほら》を吹いて、相手がどう受け答えするのかじっと見とるんや、趣味が悪いに。おれも騙《だま》されたに」

「さっき言ってた『一杯食わされた』ってやつか」

怜治に問われて、世之介は大げさに顔をしかめた。

「おれが北国で修業するいうたら、うどんも蕎麦《そば》も北へ行くほどやらかなるんやって言われたに」

江戸へ向かう道すがら、東海道の宿場町でうどんや蕎麦を食べられる店を探し、何軒か入ってみたが、麺はちっともやわらかくなかったという。

茶々丸の言う「北」とは、どの辺りを指すのか。いったいどこまで行ったら、伊勢よりやわらかい麺を味わえるのか。江戸を越えねば、茶々丸の語っていた麺には巡り合えぬのか――疑問に思った世之介は、相模国の店でうどんを注文した時に尋ねてみた。

――この辺りのうどんは、何で硬いんやろか――。

店の者は驚いていたという。

——うちのうどんが硬いだなんて、初めて言われましたよ。じゅうぶんやわらかいと思

うんですけどねえ——。

——せやけど、うどんや蕎麦は北へ行くほどやらかいんやろ？　北国の人たちは、じっ

くり煮込んだ熱々のやらかい麺を毎日食べとるて聞いたに。相模国も、伊勢から見たらよ

うけ北へ近づいてきた思うけど、まだまだなんやろな。江戸に着いたら、ここよりはやら

かい麺を食べられるんやろか——。

茶々丸から聞いた話をすると、店の者は笑った。

——お客さん、その戯作者とやらにからかわれたんですよ。江戸者は、うどんより蕎麦

を好むっていうけど、そんなやわらかい麺を出されたら怒るんじゃありませんか。江戸に

はとにかくたくさんの蕎麦屋があるそうですけど、やわらかい麺を出す店があるなんて話

は聞いたことがありませんよ——。

茶々丸の話を鵜《う》呑《の》みにしていた世之介は、相模国に入るまで麺の硬さについて確かめる

ことなく進んできたという。

「いつ、どっからやらかなるのかと、それを確かめとうてずっと歩いてきたんやけど。あ

ほ丸出しやったに、まったく」

世之介は唇を尖らせた。

「おれは伊勢を出たことなかったで、江戸から旅してきた人の話は、ほんまなんや思うて

しもた。戯作者ってのは、何であんなにもっともらしい話しぶりで作り話ができるんや。ほんまに、まんまと騙されたに。お伊勢さんの前で売られとるうどんがやらかいもんで、よけいに信じてしもた」

慎介が「ああ」と声を上げる。

「昔、料理人仲間が旅をしていた時『伊勢のうどんに驚いた』と文で報せてきましたよ」

それは、若き日の慎介が切磋琢磨《せっさたくま》して夢を語り合った、矢太郎《やたろう》だという。先日、修業の旅の途中で朝日屋を訪れた加賀の料理人、一平の師匠である。

日本各地の料理を調べ歩いた矢太郎は、自分が味わったものの特徴などをしたためて、慎介に送っていた。

「伊勢のうどんは太くて、とてもやわらかいそうですね。もちもちして、ふわふわだと文に書いてありました」

そんな大げさな――と、ちはるは眉をひそめた。確かにうどんはやわらかいが「もちもち」とか「ふわふわ」まではいかないだろう。

だが世之介は大真面目な顔でうなずく。

「半時（約一時間）は煮込むでな」

「えっ、そんなに⁉」

ちはるは思わず世之介に向かって一歩踏み出した。

「何で、そんなに煮込むんですか。うどんが、ぐにゃぐにゃになっちゃうでしょう」

世之介は苦笑した。

「何でって……伊勢のうどんは、そういうもんやとしか言いようがあらへんな。それに『ぐにゃぐにゃ』とちゃう。茶々丸さんは『ふにゃふにゃ』や言うとったけど」

ちはるは眉間にしわを寄せた。

はたして美味いのか、それは――。

ちはるの疑問に答えるように、世之介がうなずいた。

「美味いに。もてなしの味やで」

伊勢のうどんは昔から太い、と世之介は語った。

「死んだ祖母ちゃんは、伸ばす手間をかけんと作れるんやに言うとった」

江戸時代になり、伊勢参りが盛んになると、参宮客たちにすぐ食べてもらえるよう、茹《ゆ》でてある麺を常に用意しておく店が出てきたという。

「つまり、ずっと茹で続けとるってこっちゃ」

やわらかく煮込んだ太い麺に、たまり醬油で作った甘辛いたれをかけて、あえるように絡めて食べる。たれの絡まった麺は黒っぽく見えるが、見た目に反して優しい味わいだという。

「たまりの香りと、ほんのりとした甘みが、絶妙やに」

長旅で疲れた人々は、胃の腑《ふ》に優しく食べ応えがある伊勢のうどんを喜んで食べるという。

世之介の話に、ちはるは小首をかしげた。

たれを絡めて食べるうどんとは、いったいどんなものだろう。いわゆる「ぶっかけ」ではないらしい。江戸の蕎麦は「かけ」だけでなく、つゆにつけて食べたりもするが、それともまた違うようだ。想像ができそうで、できない。

「どうした、ちはる」

慎介に顔を覗き込まれて、思わず苦笑した。

「いやぁ、世の中には変わったうどんがあるものだなぁと思いまして。そんなに長い間煮込んだうどんは、すぐ切れちゃうんじゃないですかねえ」

慎介も小首をかしげた。

「確か、矢太郎の入った店では『とおし』を使って麺を煮ていたと書いてあったな。笊じゃなかったはずだ」

とおしとは、竹などで編んだ篩《ふるい》のことである。

「麺といやぁ、昔、蕎麦は十割だったけどよ。蕎麦粉だけで作った麺は切れやすいから、茹でねえで、蒸籠で蒸していたんだ」

蕎麦が切れぬよう、繋ぎとして小麦粉が二割使われるようになり、江戸では「二八蕎麦」が多く出回るようになった。

「二八ができてから蕎麦は茹でられるようになって、つるつるっと食べやすくなったってわけだ」

慎介の説明に、ちはるはうなずく。

世之介が身を乗り出してきた。

「江戸に蕎麦屋がようけあるいうんは、ほんまですか」

「ええ、本当ですよ。伊勢のうどんのように、やわらかくはありませんがね」

慎介の答えに、世之介は安堵したような息をついた。

「それもまた楽しみやに。伊勢のうどんが一番やらかいいうんは思い込みやに、井の中の蛙《かわず》やて、茶々丸さんに焚《た》きつけられたんやけど……周りのみんなも驚いとったで」

茶々丸の派手な身なりと口上に聞き入る者は多かったという。

「ったく茶々丸のやつぁ、本当にどうしようもねえなぁ」

怜治が呆れ声を上げる。

「朝日屋の宣伝をしてくれるのはありがたいが、曙色の道中合羽なんか着てたら、おかしなやつだと思われるだろう」

世之介は苦笑した。

「あれはいったい何もんやと、みんなじろじろ見てましたに」

世之介は、ふっと笑みを消して真面目な表情になる。

「せやけど茶々丸さんはええ人やったに」

茶々丸が伊勢で懇意になった茶屋には、世之介もたまに顔を出していたという。

「うどんも美味いけど、甘味も美味い店なんや。仕事でしんどなった時に食べにいくんや」

ぱっと目に入った曙色は、明るい色の女物の着物かと思ったが、まとっているのは男だった。

「どこの歌舞伎《かぶき》もんか不審やったけど、全然洒落とらんので、なんやこいつは思たんや」

怜治は苦笑したが、よけいな口を挟まずに話の先を促した。

「茶々丸さんを見たもんらの様子は、ほんまにさまざまでなあ」

じろじろと凝視する者、見て見ぬふりをする者。ちらちらとは目を向けるが、決して目が合わぬように気をつけている者。

「何人かは面白がって話しかけて、楽しそうに笑い合《お》うとったけど。おれは最初、話すつもりなんかあらへんかったんや」

ただ、茶々丸の足元にいつもちょこんと座っている、獅子丸を撫でたいとは思っていたという。

「獅子丸は、ほんまにええ犬や。吠《ほ》えることものうて、行儀《ぎょうぎ》ようてなあ」

二階から下りてきたおふさが階段の途中で「えっ」と声を上げる。

「今、獅子丸とおっしゃいましたか⁉」

仕事のことなど頭からすっぽ抜けてしまったかのように、ばたばたと足音を立てて入れ込み座敷の前まで駆けてくる。

世之介は目を見開いた。

「あんたが、おふささん？」

「はい」

おふさは戸惑い顔でうなずく。

「あんたの話も茶々丸さんから聞いとる。ええとこのお嬢さんで、なっともならん親不孝娘やったんやろ」

「は……はあ……？」

おふさの顔が引きつった。

「あの戯作者とは、いったいどういうお知り合いで？　わたしのことを何て言っていたんですかっ」

「まあ、落ち着け」

怜治が笑いながら手を上げて制する。

「伊勢で出会った時の話を、今聞いているところなんだからよ」

おふさは眉をひそめながら、ちはるたちの列に連なる。ちょうど土間に下りてきた、おしのも横に並んだ。

怜治に促され、世之介は再び口を開く。

「あれは、ひと月ちょっと前のことやったに」

曙色の合羽をまとった茶々丸と、その連れであるおかげ犬の獅子丸は、伊勢神宮の門前町で時の人と犬になっていたという。

「派手な身なりで人目を引いてたいうんもあるけど、茶々丸さんの周りにはとにかく人がようけ集まっとったんや」

各地から伊勢参りに訪れる者たちは珍しくないが、茶々丸はあまり旅人らしくなかった、と世之介は語った。

「いつの間にか、すっかり土地のもんたちに馴染んどってねえ」

茶屋の主や常連客たちとの語らいに耳を澄ましてみれば、人々は悩み事や愚痴を茶々丸に吐き出していたという。

「まるで、よろず相談処やに」

ある老婆は泣き言を延々とくり返していた。

――嫁が、あたしを大事にしやんのやに。息子は、嫁の言いなりやに。ほんまに情けのうて――。

ある中年のお店者はぶつぶつと愚痴をこぼしていた。

――まったく、きょうびの若いもんはあかん。掃除ひとつ満足にできやんやん。あれじゃ客が来た時にやらしい――。

「茶々丸さんは、にこにこしながら聞いとるんや。見知らん他人やで話しやすいんやろ、何でも聞くにって言うてなぁ」

戯作のねた集めか――と、ちはるは思った。ちらりと周りを見回せば、朝日屋一同はみな同じことを思っている様子だ。

「おれにはようわからなんだけど、茶々丸さんに話を聞いてもろた人は、みんな笑顔になって帰っていった。あとから思うと、きっと、いろいろ話してすっきりしたんやろな」

ちょうどその頃、世之介も悩みを抱えていたという。

「悩みいうか、憤りいうか、不安いうか……とにかく悶々《もんもん》としとったんや」

そんなある日、たまたま茶屋で茶々丸と相席になった。

長床几《ながしょうぎ》に並んで座ったら、世之介と茶々丸の足の間に獅子丸がちょこんと腰を下ろした。

「澄んだつぶらな瞳が、おれをじっと見上げてくるんや。たまらのうかわゆうてなあ」

世之介は思わず、獅子丸に向かって口を開いたという。

――おもーさま可愛いおかげ犬やなあ――。

獅子丸は座ったまま、嬉しそうにしっぽを振った。その頭を撫でながら、茶々丸が世之介を見た。

――何度かここで見かけたけど、近くに住んでいるのかい。いつも道具箱を持っているから、大工なのかな――。

「人のことよう見とるやつや思たに」

茶々丸の姿を思い返しているように、世之介は目を細めた。

「おれは普段、人の持ち物や身なりなんかあまり見とらん。茶々丸さんは派手やったで、目ぇ行っただけで」

茶々丸はじっと世之介を見つめながら続けた。

――四日前の夜は、ずいぶんと酔っ払っていたよねえ。千鳥足でふらふらと五十鈴川《いすずがわ》の近くを歩いていたじゃないか。何やらぶつぶつと文句を言っていたけど、仕事に不満でもあるのかな――。

「どきっとしたに」

宮大工の親方に説教をされて、ふてくされていたのだという。

「茶々丸さんに、今の自分を見透かされとる気ぃした。親方に食ろうた説教まで全部言い当てられた気分やったに」

親方が言い放った言葉は、こうだ。

――いつも言うとるけど、もっと周りを見よやに。人が何考えとるんか察することができるようにならんとあかん――。

なぜそんなことを言われるのか、世之介にはわからなかった。

「おれは宮大工や。神さまの住まいを造るのが仕事やろ。客商売とちゃう」

宮大工に向いていないから辞めろとまでは言われなかったが、世之介はこのままでは一人前になれないと、厳しい評価を突きつけられた心境になった。

――常に先を見て仕事をせなならん――。

その言い分はわかる。

神社は何百年、いや何千年も立派に建ち続けていなければならないのだ。何百年後にどれくらい木材が縮んだりゆがんだりするか、それを頭に入れながら仕事をしなければならない。雨風にさらされて木が腐ることもあれば、建物の重みで地面が沈むこともある。周りを見ろという親方の言葉を、ちゃんと嚙みしめながら神社を造ったり修復したりしているつもりだ。

だが「人が何考えとるんか察する」というのが、どこに繫がるのかよくわからない。

――おれの話が腑に落ちとるかどうかは、日頃の暮らしぶりを見たらわかる。おまえは、まだまだあかん。甘過ぎるんやに――。

世之介はうつむいて頭を振った。

「甘えをほるため、故郷を出て誰も知らん土地へ行け、そこでひと皮剝《む》けてこい言われたんや。せやけど、おれはそんなにあかんのか」

北国で修業してこいという親方の言葉は、不出来な弟子を体よく追い出すための絶縁宣言に聞こえたという。自分は親方に見捨てられたのか、という思いが世之介の胸に渦巻いた。

気がつけば、延々とそんな愚痴を茶々丸にこぼしていたという。

「どうやったら周りをよう見ることができるんか、茶々丸さんに聞いてみとうなったんや。茶々丸さんが言うとったように、見知らん他人やで、思いのほか話しやすかったんやろなあ。茶々丸さんは真剣に話を聞いてくれたに」

茶々丸の前で悩み事や愚痴を吐き出していた者たちの気持ちが、やっとわかった気がしたという。

世之介の話に黙って耳を傾けたあと、茶々丸は静かに微笑んだ。

——親方は、あんたに期待しているんじゃないかな。だから旅に出すのさ、きっと——。

世之介は頭を振った。

——修業やったら、伊勢でええやろう。ここには伊勢神宮があるんや。おれは、いつか式年遷宮に携わりたい。伊勢を離れたないんや——。

式年遷宮とは、一定の年数で社殿を造り替えて神座を移す、重要な祭儀である。

——何でおれが北国へ行かなならんに。ちくしょう——。

どんなに酒を飲んでも頭から離れなかった不満が、茶々丸の前で勢いよく噴き出た。

——やっぱり親方は、おれを追い出したいだけなんちゃうんか。何でなん。おれはあかんことないやろう。兄弟弟子の中で、技術が劣っとるとは思えんやに。むしろ上手いほうやろう——。

世之介の嘆きに、茶々丸は笑みを深めた。

——旅はいいよ。土地も、人も、遠くへ行けば行くほど知らないことだらけで、毎日が新しい——。

世之介は吐き捨てた。

——北へ行ったら何があるいうんや——。

——それは行ってみてのお楽しみさ——。

行きたくないと言い続ける世之介に、茶々丸は肩をすくめた。

——じゃあ、やめなよ。一生伊勢の中にいて、井の中の蛙でいればいいさ——。

世之介はむっとして、茶々丸を睨みつけた。

——親方の命令に逆らえるわけあらへんやろ。伊勢をほるつもりなら別やけど。戻る場所がのうなってしまう——。

——それじゃ行きなよ。とりあえず、江戸までは必ず——。

そして「江戸へ着いたら朝日屋に泊まれ」と茶々丸は告げた。

――きっと何かつかめるよ。おかげ犬も泊まった、一陽来復の宿だからね――。

茶々丸に同意するように、獅子丸がぺろりと世之介の手を舐めたという。

獅子丸の舌の温もりを思い返しているように、世之介は自分の右手を見つめた。

「朝日屋のみんなは困難から這《は》い上がった人たちやって、茶々丸さんは言うとった。今でこそ、美味い料理で人を集める宿やけど、去年の秋には客が全然来やんで、潰れそうやったって」

事の真偽を問うように、世之介は怜治を見た。

「ああ、本当だぜ」

怜治は即答する。

「茶々丸が初めてここへ来たのは、朝日屋の存続を懸けた料理の評者を務めるためだった」

世之介がうなずく。

「聞いとるに。自分の評で朝日屋の未来が決まる思うと、緊張で身震いした言うとったに」

怜治は苦笑した。

「とてもそうは見えなかったがなあ。うめえ、うめえと言いながら、ばくばく食ってたぜ」

世之介の顔にも笑みが浮かぶ。

「見物人が大勢押し寄せたんやてな。外はぱりっと、中はとろりとした『玉手箱』いう揚げもんを、集まった人たちに一日百個配ったてて聞いたに」

ちはると慎介が同時に大きくうなずいた。

「その時に、怜治さんが掏摸《すり》を捕まえたいうんはほんまなんやろか」

「ああ」

怜治がしみじみとした声を上げた。

「そんなこともあったなあ。懐かしいぜ」

世之介は感心したように唸る。

「茶々丸さんは法螺もようけ吹いたけど、朝日屋の苦労話に嘘はなかったんやなあ。茶々丸さんに言われた通り、何が何でも江戸までは絶対に行ったろいう気になったんも、みなさんの話を聞いとったからなんや」

朝日屋の面々に会ってみたくなったのだという。

「きっと何かつかめるに、言われたでな」

「そうかい」

目を細める怜治に、世之介がうなずく。

「せやけど火付盗賊改を辞めた怜治さんが、ぼろぼろの情けない姿で連日『玉手箱』の列に並んどったなんてなあ」

「ん？」

怜治が世之介を凝視した。

「今、何て言った」

「怜治さんが火付盗賊改を辞めたって」

「おう」

そこまではいい。問題はそのあとだ。

「一日百個の『玉手箱』を五日に分けて、全部で五百個も配ったんやろ」

いや、それはない――とちはるは胸の内で返した。

「武士の身分を剝奪されて食うに困った怜治さんは、毎日『玉手箱』の列に並んどったんやろ。せやけど腐っても元火付盗賊改、最終日の列に並んだ人の財布が掏摸に盗まれた時、とっさに捕まえたそうやあらへんか。怜治さんのおかげで財布を取り戻せたて聞いたけど」

怜治の口元がひくりとゆがむ。

「全部が嘘ってわけじゃねえが、変な作り話がだいぶ混じってるじゃねえかよ」

「そうなん？」

世之介は小首をかしげた。

「茶々丸さんは、怜治さんが掏摸を捕まえたで朝日屋の主に大抜擢《だいばってき》された、言うてましたけどなぁ」

――元火盗改が目を光らせている旅籠だ。もし誰かと相部屋になったって、物を盗まれたりはしないだろうよ。食い逃げするような客も食事処に来ないだろうし、安全で安心できる宿だよ――。

もっともらしい言葉に、世之介は納得したという。

怜治は苦虫を嚙み潰したような顔になった。

「それは間違いじゃねえがよ。あの野郎、戯作者の血が騒いだのか何なのか知らねえが、面白おかしく話を盛り上げようと、かなり脚色していやがる」

世之介は顎に手を当て、土間に立ち並ぶ面々に目を走らせた。

「それじゃ、朝日屋はもともと板長《いたちょう》の慎介さんがやっとった料理屋いうんも作り話なん？」

「いや、それは本当です」

慎介が声を上げた。

世之介は気遣わしげな目を慎介の右腕に向ける。

「手ぇ痛めてしもた天才料理人の慎介さんに、料理を続けてほしゅうて、地主さんがおもーさま奮闘したって聞いたけど……」

慎介がうなずく。

「それも本当です。兵衛《ひょうえ》さんがいなければ、朝日屋は生まれませんでした」

世之介は綾人に目を移した。

「慎介さんを支える奉公人を集めるため、地主さんが江戸の町を駆け回ったそうやありまへんか。下足番の綾人さんは元女形《おやま》で、台詞《せりふ》を覚える要領で町並みなんかもしっかり記憶しとるそうやな」

綾人は微笑とも苦笑ともつかぬ笑みを浮かべる。

「ええと……すべてが間違いではないのですが……」

綾人を朝日屋に連れてきたのは怜治である。ちはるも助力した。

世之介がちらりと、たまおに目を走らせる。

「仲居頭のたまおさんはお茶を淹れるのが上手《うも》うて、えらい気配りをする人やけど、酒癖が悪いのが玉に瑕《きず》やて聞いたに。茶々丸さんが評者を務めた場でも、大成功して気ぃゆるんで、つい客に出す酒を飲んでしもたとか。突然歌い出して踊り出したで、茶々丸さんも驚いた言うてたに」

早口で続けた世之介に、たまおがにっこり微笑んだ。

「あら、まあ」

口は大きく弧を描いているのに、目がまったく笑っていない。夏なのに底冷えするような怒気を感じて、ちはるは思わずうつむいた。今たまおと目を合わせてはいけない気がする。

「嫌だわあ。茶々丸さんったら冗談がお好きなんだから」

「あ、それは脚色やったか」

「脚色というより、嘘ですね」

たまおが断言する。

「他の者の言動をわたしの仕業にした、ひどい捏造《ねつぞう》です」

「ひどい……そう、ひどいんやに。こんな綺麗な人を酒乱に仕立て上げるなんて」

世之介は気まずくなったのか、ちはるに目を移した。

「さっき調理場から出てきたけど、あんたが女料理人のちはるさんやろ」

「はい」

ちはるは警戒しながら世之介を見つめ返した。

茶々丸は、いったいどんなふうにちはるの話をしていたのだろうか……事と次第によっては絶対に許さん。

「すごい鼻の持ち主なんやてな。においに関しては、獅子丸に勝るとも劣らんて」

ちはるは微笑んだ。まあ、悪くはない評価だ。

「獅子丸と食材のにおいの嗅ぎ当て勝負をしたら、互角やったんやてなあ」

「はい？」

そんな勝負をした覚えはないが――。

「ちはるさんはものすごい負けず嫌いで、獅子丸に負けとうのうて、犬みたいに這いつくぼうて地面に置いた皿をねぶったんやろ。ほんまにええ根性しとるて、茶々丸さんが褒めとったに」

ちはるは眉根を寄せた。

「いや、褒めてないでしょう。それに、あたしは地面に這いつくばったりしていませんよ」

「だが、獅子丸が餌を食べ終えたあとの器に顔を突っ込んで、くんくんにおいを嗅いでたよなあ」

混ぜっ返す怜治に向かって、世之介が首をかしげる。

「あ、それはほんまやったんや。じゃあ獅子丸の皿をねぶって――」

「いません！　茶々丸さんのことも、怜治さんのことも、信じないでください」

思わず叫ぶと、世之介は混乱したように頭を抱えた。

「その話は信じたい思とったんや。職は違えど、物を生み出す職人として、見習うべき点は大いにあるんちゃうか、て茶々丸さんに言われとったんでな。獅子丸に好敵手と認められて、ちはるさんがようけ喜んどったいうんも、もっともらしゅう聞こえたし」

おふさが高笑いした。

「喜ぶのは本当よねえ。獅子丸に好敵手と認められたら、ちはるの鼻も一人前よ。嬉しくて涙が出るんじゃないの」

「何ですって⁉」

ちはるが睨みつけると同時に、世之介の視線もおふさへ移った。

「あんたも獅子丸にはようけ世話になったんやてなあ」

おふさが目をしばたたかせる。

「え、ええ……？」

ちはるは首をかしげた。

犬好きなおふさは隙あらば獅子丸を撫で回していたが、あれを「世話になった」と言うのだろうか。朝日屋の中で一番熱心に獅子丸の世話をしていたのは、おふさだったのではなかろうか。

「火付盗賊改が主を務める朝日屋やったら、親不孝娘のおふささんを立ち直らせてくれるんちゃうかと、ご家族は泣く泣く奉公に出したんやろ。せやけど怜治さんも、おもーさま手ぇ焼いたって」

顔をしかめるおふさに気づかず、世之介は話し続ける。

「ある日、仕事を抜け出してこっそり遊びに出かけたおふささんのあとを、獅子丸がそっとつけていったんやろ」

また脚色――いや捏造である。

まるで義太夫節のように、茶々丸は語ったという。

――夏の夕闇が江戸の町に覆いかぶさっていた。表通りの喧噪《けんそう》は時を追うごとに大きく、激しくなってゆく。若い娘が一人、ぶらぶらと盛り場をうろついて無事に済むわけがない――。

世間知らずな娘をたぶらかしてやろう、と見目のよい男が誘った。

――おい姉さん、町で評判の「小蜜芋」って菓子を食いにいこうぜ――。

おふさは破顔する。

――まあ嬉しい。わたし、一度でいいから食べてみたかったのよねえ――。

甘い菓子の誘惑に負けて男についていこうとする、おふさ――その前に立ちふさがったのが獅子丸である。

――わぉん、わん、わん――。

馬鹿な真似をするんじゃねえ、おれと一緒に帰るんだ、と言わんばかりに獅子丸は吠えた。

――何だ、この犬は。しっ、しっ、あっちへ行け――。

豹変《ひょうへん》した男が足蹴にしようとした時、獅子丸はひらりと跳んだ。男の股《また》をくぐり抜け、尻をがぶりとひと嚙み。ひるんだ男の頭に飛び乗り、地面に押し倒した。

――うわあ、ごめんなさい、ごめんなさい――。

男が泣きを入れたところへ、騒ぎを聞きつけた岡っ引きがやってきた。

――むっ、こいつぁ女から金を騙し取る騙《かた》り野郎じゃねえか。しょっ引いてやるぜ――。

岡っ引きに礼を言われた獅子丸は首としっぽを横に振った。まるで、たいしたこたぁしてねえよ、とでも言うように。

獅子丸のおかげで助かったおふさは涙して、すっかり心を入れ替えた。

――わたしを獅子丸の弟子にしてちょうだい。あんたは大義を果たすため、旅立たなくちゃならない身。だけど体は離れても、心はずっと繫がっているわ。わたしは一生、あんたを忘れない――。

「そう言うて、おふささんは獅子丸を見送ったんやろ」

世之介の話を聞きながら、おふさは目をすがめていた。

「へえ……あの戯作者、わたしと獅子丸の仲をずいぶんちゃかしてくれたんですねえ。許せないわ」

低い唸り声を上げるおふさに、世之介はしどろもどろになる。

「いや、おれも、それはさすがに嘘や思たんやけどな」

おふさはうなずいた。

「世之介さんも怒っていいですよ。でたらめばかり吹き込まれたんですから」

「せやけどなぁ、おれは茶々丸さんに感謝しとるんや」

世之介の言葉に、おふさは驚いたような顔をする。ちはるも意外だと思った。

「茶々丸さんが面白おかしゅう朝日屋の話をしてくれたおかげで、江戸まで来るんが楽しみになったに。みなさんに会《お》うてみたい思うようになったんや。それがなかったら、ほんまに旅が嫌になっとったやろな」

怜治が笑った。

「そりゃ光栄だ。ま、好きなだけ泊まってってくんな」

世之介はうなずいて、ちはるを見た。

「朝日屋の料理が美味いいうんは、ほんまやろ？」

「もちろんです」

ちはるが胸を張ると、世之介は満面の笑みを浮かべる。

「よかった。そこは、ほんまに信じたい思とったんや。江戸で最初に食べるもんは朝日屋の料理やと決めとったんやに。楽しみにしとるに」

「はい！」

勢い込んで返事をすると、世之介は立ち上がった。

「そしたら、しばらく部屋でのんびり休ましてもらおか」

おしのが案内に立った。

「どうぞこちらへ」

二階へ上がっていく世之介の後ろ姿を見送りながら、ちはるは改めて「しっかり作らねば」と気を引きしめた。

世之介が江戸で初めて口にするものが、朝日屋の料理になる——ということは、ちはると慎介の作り出す味が、きっと世之介の中で江戸の料理を評するひとつの物差しとなるのだ。

この先どこかで江戸を思い出した時、真っ先によみがえるのは朝日屋の味かもしれない。旅籠の調理場で働く者は、江戸の料理人の総代となったつもりで仕事に臨まねばならぬのだという気概が込み上げてきて、ちはるは身震いした。

「そっち終わったか?」

「はい、あとは刺身だけです」

「わかった」

膳の上に汁を置いて、ちはるは調理台を見た。

刺身を引く慎介の動きに、思わず見惚《みと》れる。

すっ、すっと流れるような腕の動きは一定だ。肘も肩も、なめらかに大きく動き続けている。包丁を握る手に、無駄な力みはまったく見えない。

鱸《すずき》を三枚に下ろして皮を引き、柵の形に整えた身に、包丁の刃元が当てられる。すっと刃が引かれると、艶々と白く輝く美しい切り口が現れる。魚の身に、押し潰されたような跡はいっさいない。

慎介が盛りつけた刺身の皿を、ちはるは膳の上に載せていく。

「お運びいたします」

「お願いします」

整った膳を仲居の三人が運んでいく。たまおは二階の客室へ、おふさとおしのは入れ込み座敷へ。

本日の夕膳は、鱸の刺身、芝海老しんじょ、わさび味噌のこんにゃく田楽、白瓜の炒め物、白飯、茄子とささげの澄まし汁――食後の菓子は、白餡を使った桃の水羊羹《みずようかん》である。

入れ込み座敷で歓声が上がった。

「こいつぁ夏らしい汁だぜ。芝海老たっぷりのしんじょも、うめえなあ」

「鱸の刺身って、こんなに甘かったかね」

「桃を水羊羹の中に閉じ込めたのかい。涼しげでいいねえ」

客たちはみな笑顔で食べ進めている。

ちはるは天井を仰いだ。

二階の客室で、世之介も味わってくれているはずだが……。

「ちはる、次の膳だ」

「はい」

ちはるは慎介とともに新しい膳を作り続けた。

今は世之介を気にしている場合ではない。どんどん入ってくる注文に、ひとつずつ丁寧に向き合っていかねばならぬのだ。

客が入らず窮地に立たされていた頃に比べれば、何と幸せな忙しさだろうか。

「お運びいたします」

「お願いします」

次々に運ばれていく膳を見送りながら、ちはるは懸命に手を動かし続けた。

夜が更けて、食事処を閉めたあと朝日屋一同は賄を食べた。器を下げ、ちはると慎介が調理場を片づけていると、二階から世之介が下りてくる。

「いやあ、ほんまに美味かったに」

まっすぐ調理場へ向かってきた。

「それにしても朝日屋の調理場はすごいなぁ。客席から丸見えなんやな」

慎介が微笑む。

「誰に見られてもいい仕事をしてるつもりです」

世之介は調理場の出入口から身を乗り出して、感じ入ったように中を見回した。

「綺麗な台所やなあ。きちっと片づけられとる」

と、その時、表戸が小さく叩かれた。

「伊佐吉です。おしのを迎えにまいりました」

綾人が戸を引き開けると、勝手知ったる足取りで伊佐吉が入ってくる。

世之介が伊佐吉のもとへ向かった。

「おしのさんのご亭主ですか」

「ええ」

「大工やて聞いたんですけど。さっき部屋でおしのさんに聞いたら、今は長屋の普請《ふしん》をしとるて」

「そうですが……」

伊佐吉はおしのに顔を向ける。

「おまえさん、こちらは伊勢からおいでになった泊まり客の世之介さんだよ」

「宮大工なんや」

世之介が二人の間に割って入った。

「突然やけど、普請場を見させてもらうわけにはいかんやろか」

伊佐吉は目を丸くしたあと、しげしげと世之介を見た。

「宮大工なら、湯島天神《ゆしまてんじん》とか浅草寺《せんそうじ》とか――」

「伊佐吉さんの普請場が見たいんです」

世之介は畳みかけるように続けた。

「仲居のおしのさんのご亭主が大工やいうことは、戯作者の茶々丸さんからも聞いとります」

「ああ、おかげ犬と一緒に伊勢へ行った――」

伊佐吉は小首をかしげる。

「ってこたぁ、伊勢でお会いになったんですか」

世之介はうなずいた。

「茶々丸さんの話を思い出したら、ひょっとして何かをつかむきっかけが江戸の普請場にあるかもしれんという気ぃしてきまして」

世之介は旅に出た経緯を伊佐吉に語った。

「江戸までの道中でも、いろんな神社仏閣を見てきたんや」

尾張《おわり》国の熱田《あつた》神宮、駿河国の浅間《せんげん》神社、相模国の箱根《はこね》神社、武蔵《むさし》国の平間寺《へいけんじ》など、思いつく限りの寺社に立ち寄り、歴史ある建物を細部までじっくり観察したのだという。

「先人たちの技はすごかった。せやけど――」

言葉を切って、世之介は宙を仰いだ。

「死ぬまでに、自分はこれほどの仕事は絶対にできん、無理や、とは思わなんだ」

何かをつかもうとするように、世之介の両手の指が動く。

「今すぐは無理でも、いつかは必ずできる思た。やってみせると意気込んで、武者震いしたわ」

世之介はもどかしそうに身をよじる。

「せやけど自分に何が足らんのか、親方の言わんとすることが、おれにはまだようわからん」

伊佐吉は真剣な面持ちでじっと耳を傾けている。

「さっき食べた朝日屋の料理は、ほんまに美味かった。茶々丸さんに聞いて、想像しとった味を超えとりましたに」

ちはるは帯の下でぐっと拳を握り固める。

「茶々丸さんの話には作り事が多かったけど、大事なこともようけちりばめられとったんちゃうかと思う。おれがこの目で確かめなならんこと、いくつも……」

世之介は調理場に目を向けた。

「食べた料理の美味さに驚いた時、これは一流の職人の仕事や思た。さっき調理場をちょっと覗いただけで、それが間違いやないとすぐにわかった。きちんと整えられた場所にある道具は、絶対にしっかり手入れされとるはずや」

　世之介は慎介に顔を向ける。

「一流の職人は、おもーさま道具を大事にする。ちゃいますか」

　慎介は微笑んだ。

「道具は職人の命ですからね」

　世之介はうなずく。

「どんな仕事でも、それは同じなんやと改めて気づいた。おれは宮大工やで、誰よりも神社仏閣に詳しなったらええ思とったけど、もしかしたら少しちゃうんかもしれへん」

　世之介は伊佐吉に向き直る。

「だから神社仏閣に携わっとらんでも構わんに。伊佐吉さんの普請場を見させてもらえまへんか」

　伊佐吉は目を細めた。

「わかりました。明日一緒に、親方の許しをもらいましょう」

「おおきんな！」

　世之介は深々と頭を下げた。

「よろしゅうお願いします」

世之介の隣に怜治が立ち並ぶ。

「明日は、おれも一緒に頼みにいくぜ」

伊佐吉はうなずいて、おしのとともに帰っていった。

戸口で見送っていた怜治が、ふと頭上を仰ぐ。

「満天の星空だ。きっと明日もいい天気になるぜ」

開いた戸口から、すーっと夜風が入り込んできた。

心地よい涼しさに身を任せながら、ちはるは深く澄んだ青空を思い描いた。


翌朝、迎えにきた伊佐吉とともに、世之介は怜治と出かけていった。

「世之介さん、大丈夫でしょうか」

井戸端で洗った大量の蓼《たで》を調理場に運んで、ちはるは首をかしげた。

「やる気満々で道具箱を背負っていきましたけど、まだ見学のお許しもいただいてないのに」

普請場に行くと思っただけで、手がうずうずしてしまったのかもしれないが。

「もし、よそ者は仕事場に入れねえとか何とか言われて、追い返されたりしたら……」

気性の荒い大工も多いと聞くので、気が気でない。

「頼まれて用意した握り飯が、無駄になっちゃったら悲しいですよねえ。もちろん、そのまま持って帰ってきてくれればいいだけなんですけど……世之介さんは、普請場でみんなと食べるつもりだったわけでしょう」

竈の前にいる慎介が汗を拭いながらうなずく。

「心配あるめえ。伊佐吉さんがついているんだからよ。それに、もし親方が断ろうとしても、怜治さんが上手く丸め込んじまうさ」

「なるほど、そうですよね」

怜治なら、どんな荒くれ者を相手にしてもひるむはずはない。

それに、世之介だって大工なのだ。神仏の住まいを造る普請場がどんなものかは知らぬが、宮大工の中にだって荒っぽい者はいるだろう。

きっと大丈夫だと気を取り直して、ちはるは蓼の葉を手にした。

茎や筋などの硬いところを取り除いて、葉を細かく刻む。すり鉢ですり潰して、さらに細かくし、酢を加えて混ぜ合わせる。どろりとなった葉をこせば、蓼酢のでき上がりだ。

食事処の膳すべてに行き届く分の蓼酢を仕込むのは時がかかるが、ちはるは根気よく丁寧に手を動かし続けた。鮎の塩焼きによく添えられるが、今日は鯵の塩焼きとともに出す。

やがて怜治が一人で戻ってきた。

「親方は快く承知してくれたぜ。何日か一緒に働いてみろ、と言ってくれてな」

ちはるは安堵の息をついた。

「だけど世之介さんの力量もわからないのに、親方はよく一緒に働くことを許してくれましたねえ」

怜治がにやりと口角を上げる。

「世之介さんが、親方の前で道具箱を開けたんだ。親方は中を覗いて、すぐに『よし』とうなずいたんだから、たいしたもんだ。伊佐吉も、世之介さんの道具を見て唸ってた。きっちり手入れが行き届いていたようだぜ」

慎介がうなずく。

「道具には、職人の人となりが表れる。鑿《のみ》の刃先や柄を見ただけで、世之介さんの仕事ぶりがわかったんでしょうなぁ」

怜治はからりと笑った。

「若《わか》え衆の中には、きょとんとしてるやつもいたけどな」

慎介が苦笑する。

「それじゃ、いきなり現れて一緒に仕事をすることになった世之介さんを、快く思わねえ者もいるかもしれませんねえ」

怜治が目を細める。

「まだ普請場の掃除しか許されていねえやつが、世之介さんをじっとり見てたぜ。一悶《ひともん》着《ちゃく》あるかもしれねえなあ」

ちはるは怜治を睨んだ。

「そんな楽しそうに言わないでくださいよ」

「別に楽しんじゃいねえよ」

だがな、と怜治は続けた。

「何かを打ち破る時ってえのは、新風が吹き荒れるものなのかもしれねえぜ」

怜治が表口に目をやった。その視線を追うと、開け放たれた戸の向こうで曙色の暖簾が風にひるがえっている。どこからか、ちりんと聞こえてきた風鈴の音色が、ちはるの耳にさわやかに響いた。


日が暮れてから戻ってきた世之介は、とても上機嫌だった。階段の下で食事処の様子を見守っている怜治の横に立つと、よく通る声でしゃべった。

「やっぱり木のにおいはええに。久しぶりに嗅いで、ほっとした気ぃする。建てるもんは違《ちご》うても、やっぱり普請場はええに」

入れ込み座敷にいる客たちの話し声を突き抜けるように、世之介の声は調理場まで届いてくる。

「あっ、明日から握り飯はいらん。親方が、江戸の蕎麦屋に連れていってくれるって。それから――」

ちはるは調理台の前に立ちながら、思わずじっと世之介を見た。

「ずいぶん興奮しているみたいですねえ。よっぽど楽しかったんでしょうか」

ちはるの隣で慎介が笑った。

「普請場で、でけえ声を出すのはわかるがな」

金槌《かなづち》で釘《くぎ》を打ちつけたりする時や、鋸《のこぎり》で木材を切る時などに、騒音が出ることもあるだろう。仲間とやり取りする際には、大声を出さねば聞こえないのかもしれない。

朝日屋の食事処でも、客たちの笑いさざめく声が上がっているが、世之介の話し声は一段と目立っていた。

「親方の腕はすごいに。鉋《かんな》で削った板を見してもろたんやけど、仕上げた面の美しさといったら、もう」

世之介は神に祈るように胸の前で手を合わせた。

「あの人はすごい大工やに。伊佐吉さんの腕も見事やった」

階段の近くの客に膳を運んでいたおしのが、にこっと嬉しそうに顔をほころばせた。

「親方がな、まだ普請場の掃除しか任せとらん若いもんに、ちょっとおまえも鉋がけしてみぃって言うたんや。そしたら」

親方に突然言われた若い者は、ひるんだ様子だったという。

——えっ、今ですか——。

親方は腕組みをして、若い者の前に立った。

——いつも寝る前に練習してるだろう。どこまで上手くなったか見てやるよ——。

住み込みで修業している若い者の努力を親方はちゃんと見ているのだと、世之介は感じ入った。

——ほら、早くやってみな——。

若い者は緊張の面持ちで鉋を手にし、板を削り始めた。

「おれも一緒に見とったけど、なかなかええ動きやった。仕上げがちょぼっと甘いな思たけど、まだ見習やし、こんなもんかな思たんや。その辺の下手《へた》な大工よりは、むしろ上手いかもしれんて」

だが親方は厳しく叱り飛ばした。

——何だ、この仕上がりは。こないだ見た時より下手くそになってるじゃねえか——。

若い者は頭を下げた。

——すいません。鉋の手入れを怠っていました。このところ疲れていたもんで、つい、あと回しになって——。

——馬鹿野郎！　そんな言い訳が通るかっ——。

親方は若い者の脳天に拳骨を落とした。

——疲れたから手を抜きましたなんて、てめえは客に言えんのか⁉　てめえの手抜きで事故が起こって、人が死んだらどうすんだよっ――。

若い者は脳天を押さえながら深々と頭を下げ続けた。

――申し訳ありません。次は必ず――。

――いつでも次があると思うな、馬鹿野郎――。

――はい、すいません――。

世之介はすっかり感心したという。

「親方は、あの弟子におっきな期待をかけとるんや思た。ほんまに、そこまで叱られるような出来映えやなかったんや。せやけど、もっと上に行かせようとしとる」

世之介は天井を仰いだ。

「手抜きいうか、ちょぼっとした気ぃのゆるみが、仕事に出たりするんやんなあ。ちっこいことやでだんない思とると、危ないんや」

少しのゆるみも許さぬ親方の目は素晴らしい、と世之介は続けた。

「弟子の様子をよう見よって『あいつ、ちゃんと道具の手入れをしとるかな』て思て、突然鉋がけをやらしてみたのかもしれん。口で『ちゃんとやれや』言うたって、身に染みまへん」

あの若い者もきっといい大工になる、と世之介は力強く語った。

「ほんまに、ええ普請場に入れてもろたに。あの人たちは、みんなすごい」

階段近くの席に座っていた客が、世之介を振り返った。

「ちょいと聞き耳を立てていたんだが、何だか懐かしい話をしてるなあ。おれも昔は、よく親方に拳骨を食らってたぜ」

酒が入ってほろ酔いらしく、この客の声も大きい。

世之介が客の顔を覗き込んだ。

「あんたも江戸の大工ですか」

「いや、表具師だけどよ」

屏風《びょうぶ》や掛軸などを仕立てる職人である。

「もっと繊細に紙を扱えって、若え頃《わけ》はいつも叱られてたぜ。弟子を取るようになった今は、親方の気持ちがよくわかるがよぉ」

世之介は真剣な眼差しで表具師の顔を見つめている。

「親方は、自分の弟子のためにもなると思って、あんたを客人として迎え入れたんだろうなあ」

「そやろか」

首をかしげる世之介に、表具師は笑いかけた。

「短い間によその親方の力量が見抜けるってこたぁ、ものを見る目がちゃんと養われてるってこった。そんなあんたの師匠も、きっと、あんたの将来に期待してんだろうなあ」

「そやろか……」

黙り込んだ世之介の顔を、表具師が覗き込む。

「あんた、朝日屋の泊まり客だろ」

世之介はうなずく。

「伊勢から来たんや。宮大工の修業で北国へ行くとこや」

「そりゃ期待して手元から離したに決まってんだろう」

表具師は断言した。

「可愛い子には旅をさせよ、ってやつさ。おれだって、見込みのある弟子がいたら、いろんな経験を積ませて育ててやりたい」

世之介は唇を引き結んだ。

「経験……」

「その場に行かなきゃわからねえこともあるだろう。どんなに言葉をつくしても教えられねえ、体で感じる得難い一瞬ってやつがよぉ」

何かを思い返すように、世之介は再び天井を仰いだ。

そして表具師に歩み寄る。

「あんたの修業時代の話を聞かしてもらえへんやろか。それから、今育てとる弟子の話も……」

「おう、いいぜ」

　表具師は機嫌よく応じた。

「一緒に飲もうや」

　表具師は手を上げて、近くにいたおふさを呼んだ。

「もうひとつ杯を持ってきてくれや。酒の追加もな」

「かしこまりました。すぐにご用意いたします」

　世之介は食事処の客と並んで酒を飲み始めた。

「兄ちゃん、北のどの辺りに行くんだ」

「うちの長屋の者が、北国出身でよぉ。冬は雪深くて大変らしいなあ」

　近くに座っていた客たちも話に加わり、和気あいあいと酒を酌み交わしている。

「宮大工なら、東照宮《とうしょうぐう》も見にいくのか」

「伊勢神宮って、どれくらいでかいんだ」

　江戸の話を聞いたり、伊勢の話をしたりする世之介の弾んだ声が調理場まで響いてきて、ちはるは頰をゆるませた。

　世之介にとって、江戸は――朝日屋は、旅の途中で立ち寄った一時だけの滞在場所だ。けれど、ここにいる間はできる限り楽しんで、充実した時を過ごしてもらいたい。

　夕凪亭にいた頃とはまた別の喜びを感じて、ちはるは満たされた心地になった。

世之介が普請場に通い始めて五日目——日暮れ前に帰ってきたと思ったら、何と荷車を引いていた。印半纏《しるしばんてん》をまとった若い大工と一緒である。荷車に積んでいた大きな木材を、二人がかりで土間に運び入れた。

「龍蔵《りゅうぞう》さん」

おしのに声をかけられて、若い大工は丁寧な辞儀をする。

「伊佐吉兄ぃには、いつもお世話になっとります。今日もいつも通り迎えにくると言ってました」

おしのはうなずいて、土間に置かれた木材をじっと見た。

「これは……？」

「おれが買《こ》うたんや」

世之介が嬉しそうに口を開く。

「おれは旅を続けなあかんし、普請場に来るのは今日で終わりにする言うたら、親方に五日分の給金を渡すって言われたに。断ったんやけど、くれるて言い張るで、じゃあその金で買える一番ええ木材をください言うたんや」

朝日屋一同は木材の前に集まって、しげしげと眺めた。

怜治が腕組みをして、首をかしげる。

「いったい何に使うんだ。旅を続けるのに、持っていけねえだろう」

世之介はあっさりうなずいた。

「もちろん、ここに置いていくに。土間の隅にでも飾ってもらえるもんを作ろう思うんや」

一同は土間の隅へ目をやった。

「あんなところに何を置こうってんだ」

眉をひそめる怜治に向かって、世之介が満面の笑みを浮かべる。

「それはできてのお楽しみや。裏庭で作らしてもらえへんやろか。風で木屑《きくず》が飛ばんように気ぃつけるで。調理場の邪魔になるような真似はしやん。道具を使う音も、夜はうるさくならんよう気ぃつける」

「そりゃ構わねえが……」

「それじゃ、さっそく運ばしてもらう。龍蔵さん、お願いします」

「はい」

世之介と龍蔵は一緒に木材を持ち上げると、再び表へ出た。通りをぐるりと回って裏庭へ入り、勝手口の近くまで運んでくる。

ちはるたちは調理場から外へ出た。

世之介がきょろきょろと軒下を見回す。

「あんまり勝手口に近過ぎると、井戸を使う時に邪魔になってしまうに」

慎介が自分の部屋を指差した。調理場近くの庭に増設された四畳半である。勝手口を挟んだ向かいには、同じように増設されたちはるの部屋がある。

「あの軒下はどうです。もし雨が降ったら、おれの部屋ん中に木材を入れといてもいいですよ」

「ええんですか。ほんまに助かる」

世之介は頭を下げると、龍蔵とともに木材を慎介の部屋の前に置いた。

慎介が目を細める。

「何ができるのか、本当に楽しみだなあ。こっちも張り合いが出るってもんだ。なあ、ちはる」

「はい。宮大工のお仕事を間近で見るのは初めてです」

世之介が照れたように笑った。

「仕事とはちょぼっとちゃうけど……精魂込めるわ」

朝日屋一同は地面に置かれた木材を見つめた。

昼間に比べて、日差しはぐっと柔らかくなっている。庭に落ちた優しい茜色《あかねいろ》が、木材を包み込むように照らしている。木材は、世之介の手でいったいどんな形に生まれ変わるのだろうか。

「龍蔵さん、運んでもろた礼に朝日屋の夕膳をごちそうするで」

世之介の言葉に、龍蔵は慌て顔で頭を振った。

「礼だなんて、そんな。親方の言いつけで、手伝っただけなんで」

「一緒に夕膳を食べるお許しは、親方にちゃんといただいとるに」

「え、そうなんですか」

世之介はにっこり笑って、たまおに向き直った。

「今日は、おれも食事処でいただきます」

「かしこまりました。それではご用意ができるまで、お茶でもいかがですか」

「お願いします」

仲居たちが入れ込み座敷へ戻っていく。

ちはるは慎介とともに夕膳の仕上げに取りかかった。


日が暮れて、綾人が表の掛行燈に灯をともす。食事処が開くと同時に、客たちが続々と入ってきた。

本日の夕膳は、豆蟹《まめがに》の素揚げ、鰺の塩焼き、時雨卵、真桑瓜《まくわうり》のぴり辛炒め、白飯、夏の野菜のけんちん汁——食後の菓子は、桃の水羊羹である。

食事処を開ける前から調理場近くの席に陣取っていた世之介と龍蔵は、顔をほころばせながら膳を食べ進めた。

「ほんまに美味いなあ」

「美味いっすねえ」

何度も聞こえてくる言葉に、ちはるは調理台の前で口角を上げた。

「美味い」というのは、料理人にとって最高の褒め言葉である。二人の箸が止まらないことからも、世辞などではないとわかる。

ちらりと隣を見れば、慎介の目尻も嬉しそうに下がっていた。

「せやけど、江戸を出る前に龍蔵さんと一緒に飯を食べられて、ほんまよかったに」

食後の茶を飲みながら、世之介がしみじみとした声を上げた。

「あんたはいつか立派な大工になる。北での修業がえらなったら、龍蔵さんのこと思い出して頑張るに」

龍蔵は頭を振った。

「何言ってるんですか。おれなんか、まだまだです。思い出すんなら、親方とか兄ぃたちでしょう」

「いや、きっと龍蔵さんやに」

世之介は湯呑茶碗を置いて居住まいを正した。

「龍蔵さんと親方を見て、おれは自分の師匠を思い出したんや」

北国で修業してこいと言われ、ふてくされていた日々を世之介は語った。

「龍蔵さんの親方は、ようけきつう叱っても、絶対に龍蔵さんを見捨てたりしやん。おもーさま大事にしとる」

「そんな」

「見とったらわかる」

世之介は微笑んだ。

「近過ぎたら見えやんで、ちょぼっと離れたほうがよう見えることもあるんやなあ」

龍蔵は口をつぐんで、じっと考え込むように目を伏せた。

「おれはいつも親方に『もっと周りを見よやに』て言われとった」

龍蔵は顔を上げて、意外だと言うように目を見開いた。

「江戸の普請場に入れてもろて、わかってきたに。親方は、ほんまにようあちこちに目ぇ配っとるんや」

自分の弟子たちの仕事ぶりに危険がないか、建具師など一緒に働く仲間たちの段取りに支障はないか、周りによく声をかけている、と世之介は語った。

「長屋の大家さんが普請を見にきた時、どんな人たちが住むのか確かめとったに。足の悪いお婆さんがおるとわかったら、井戸端で休めるようにって床几を作ったったりしてなあ」

龍蔵が嬉しそうに胸を張る。

「親方はいつも『家はみんなで造り上げるもんだ』と言うとります。そこに住む人たちの暮らしぶりを思い描きながら仕事をしろって」

世之介はうなずいた。

「おれは宮大工やで、神さまや仏さまの住まいを造っとる思とった」

龍蔵が首をかしげる。

「その通りじゃありませんか」

世之介は苦笑した。

「せやけど、それだけやなかった。神社を訪れる人たちのこと、考えとらなんだ」

世之介は大きく息をついた。

「江戸には蕎麦屋が多いて聞いとったけど、稲荷《いなり》も多いなあ。長屋の敷地内にもあるて、伊佐吉さんに教えてもろた」

龍蔵がうなずく。

「土地神として祀《まつ》られているんです。路地の奥にある小さな祠《ほこら》も入れると、稲荷は江戸で一番多い神社なんですよ」

「そうなんやてなあ。親方に蕎麦屋へ連れていってもろた時、祠に手ぇ合わす人を見たに」

その光景を思い返しているのか、世之介は目を細めた。

「神社は、神さまと人を繋ぐ場所でもあるんやと、改めて思たに。神社を訪れる人たちは、どんな思いを抱えて神さまに手ぇ合わせにくるんかなあ、て」

世之介は悔いるように顔をゆがめる。

「神さまのために仕事をする――それは間違《まちご》うとらんけど、おれはあまりにも訪れる人たちのこと考えとらなんだ。立派な鳥居や、社殿の細工は、神さまの住まいを美しゅう整えるためのものや思とった。せやけど、そこに、自分の技を人々に見せつける傲慢《ごうまん》さがなかったやろか。おれは神さまの住まいを造っとるんや、どや、すごいやろ、て」

世之介はため息をついた。

「神社は、宮大工の技を披露する場とちゃうんや。そんな当たり前のことに、今さら気づいた。江戸の町が気づかしてくれたに。茶々丸さんに『井の中の蛙』て言われたことは、ほんまやった」

茶々丸は、こうも言ったのだという。

――もっと人に興味を持つことだね。わたしは戯作者だから、人に興味を持つのは当たり前だ。戯作を書くということは、人を書くことだからね。だけど世之介さんも、世の中にはいろんな人がいることを、もっと知るべきだ。世之介さんの親方も、そう言いたかったんだと思うよ――。

茶々丸の言葉を嚙みしめるように、世之介はうなずいた。

「旅に出て、ほんまによかったに。あのままじゃ、おれは、何千年も建ち続ける立派な神社を手がけることなんて絶対にできなんだ。高い屋根に上って、見晴らしのええ場所で仕事をしとったのに、いったい何見とったんやろ」

龍蔵がうなずいた。

「難しいですよね。足元を見てなきゃ危ないし。だけど足元だけ見てても危ないし」

世之介は入れ込み座敷を見回して、ある一点を凝視した。

「あの人は、周りをよう見とる」

視線の先にいるのは、たまおである。

「飲みたい思う頃合いで、いつも茶を勧めてくれるんや。部屋に夕膳を運んでくれるんも、普請場から戻ってひと息ついた、ちょうどええ頃合いなんや。毎日ぴったり同じ時に帰ってくるんちゃうのに。普請場へ出かける時は、毎日さりげのう新しい手拭いを持たしてくれた」

たまおはゆったりと微笑みながら客たちの間を回り、入れ込み座敷の隅々にまで目を走らせている。

「声をかける時と、かけやん時の塩梅が、おもーさま絶妙やに」

世之介は龍蔵に向き直った。

「なんでそんなに気配りが上手いんかて、たまおさんに聞いたんや。そしたら」

たまおは、はにかみながら答えたという。

――褒めていただくのは嬉しいですけど、上手いかどうかなんて自分ではわかりません。ただ、お客さまに喜んでいただきたい。それだけなんですよ――。

「喜んでほしい思う分だけ、相手のこと考えて、よう見とるってことやろう。あとは、茶屋に勤めとった経験があるで、それなりに客あしらいの場数を踏めたのかも、て言うとった」

龍蔵はたまおを見ながらうなずいた。

「経験か……うちの親方も、よく言ってます。経験に勝るものはないって。そんで、やっぱり、人のことをよく見てるんですよ」

道具の手入れが行き届いていないのを見抜かれた時のことを思い出したように、龍蔵は顔をしかめた。

「親方に、ごまかしは絶対通用しません」

世之介は微笑んだ。

「せやけど、懸命に努力した上での失敗は責めやんやろ」

「はい」

「ほんまによう見とるんやな」

「ええ」

話が途切れたと思ったところへ、たまおが茶のお代わりを運んでいった。

二人は頭を下げて受け取ると、次の客のもとへ向かっていくたまおの後ろ姿を見ながら感嘆の息を漏らした。

「ちょうど今、もう一杯飲みたい思とったとこや」

「おれもです」

ちはるは調理場で口角を上げた。誇らしい思いが胸に満ちてくる。

龍蔵が茶を飲んで、ほうっと息をついた。

「うちの親方がね、よく言うんです」

——どんな仕事も決しておろそかにするなよ。小せえ仕事もきちっとこなせねえやつに、大きい仕事を成し遂げられるはずがねえだろう——。

「当たり前のことを徹底してやり続けるのが職人だって、親方は言うんです。道具の手入れや片づけをきちっとやるのは当たり前、いい加減にやるならやめちまえ、って」

道具の手入れが雑だと親方に厳しく叱られ、辞めてしまった弟子もいたという。

「世之介さんの道具を見たあと、親方が言ってました。『旅の中でも毎日欠かさず手入れをしているんだろう』って」

世之介はうなずいた。

「一日一回は顔を見な、落ち着かん」

「道具の顔――ですか」

「やる気満々に見える時とか、ちょぼっと元気のう見える時とか、日によってちゃうんやに」

龍蔵は顎に手を当て唸った。

「世之介さんの道具を見た瞬間、凄《すご》みを感じたって親方は言ってましたけど……あの木を彫るところ、見にきてもいいですか」

「別にええけど……ただ彫るだけやに。特別な技とか、別に使わん思うに」

龍蔵は前のめりになった。

「絶対見にきます」

茶を飲み干すと、龍蔵は力強い足取りで帰っていった。

翌日は朝から、鑿の柄を金槌で叩く音が裏庭に響き渡った。ちはると慎介が仕込みをしている間、ずっとである。音がやまぬので、世之介が休まずに木を彫り続けているのは見なくてもわかった。

「精が出ますねえ」

疲れないのだろうかと心配になったが、手を動かし続けるのは料理人も同じである。そのうちどこかでひと息つくだろうと思った。

だが、昼に賄を一緒に食べようと声をかけても、世之介は手を止めない。木材の前に座り込んで、一心不乱に彫り続けている。勝手口から何度声をかけても気づかない。こちらを無視しているわけではないのだろうが、木材しか目に入っていない様子で近寄り難い。

「どうしましょうか」

ちはるが問うと、慎介は苦笑した。

「握り飯でも用意しておこう。腹が減ったら、あとで食うだろうよ」

「はい」

だが、どれだけ経っても音はやまない。ちはるたちが昼の賄を食べ終わり、仕事に戻っても、世之介は手を動かし続けている。

朝日屋一同は自分の仕事をこなしながら、時折ちらりと裏庭のほうへ目をやった。

「大丈夫でしょうか」

世之介のそばに握り飯を置いてこようかとも思ったが、外に出したままずっと気づかれなければ、夏の暑さで傷んでしまうだろう。

たまおが握り飯の皿を手にした。

「わたしが持っていってみるわ」

熱い茶と水も一緒に盆に載せ、裏庭へ出ていく。しばしたたずんで、世之介の様子を見ていた。

世之介が手を止めて、額の汗を拭う。

たまおが、すっと歩み寄った。

「お昼ご飯ですよ。召し上がってください」

世之介が顔を上げる。たった今初めて人の存在に気づいたというような顔をして、たまおを見上げた。

「ああ……すんまへん、おおきんな」

たまおはうなずいて、盆を世之介に渡した。

「食べ終わったら、勝手口の前に置いておいてください」

「わかった」

夢から覚めたような顔で水を飲むと、世之介は握り飯をかじった。

ちはるは、ほっとする。

久しぶりに、鏨を金槌で叩く音が聞こえなくなった。

けれど少しすると、また音が響いてくる。

ちはるは舌を巻いた。

「すごい体力ですねえ」

慎介が唸った。

「気力もな。あんな調子で、きっと何日も続けるんだろうよ」

日暮れ時になり、仕事を終えた龍蔵が現れても、音は裏庭で響き続けていた。

曙色の暖簾をくぐってきた龍蔵は、土間に入るなり首を伸ばして勝手口を見やる。

「ちょいとお邪魔します」

挨拶もそこそこに、再び表へ駆け出していく。通りをぐるりと回って裏庭へ入るのだろう。調理場の中からどうぞ、と声をかける間もなかった。

しばらくしても、音がやむことはない。話し声もしない。

ちはるはそっと勝手口から外を覗いた。

世之介の姿が目に入ったとたん、背筋がぞくぞくっとした。全身の毛が瞬時に逆立ったようだ。

無我の境地とは、まさにこのことか。

世之介はただひたすらに手を動かしている。昼間より、さらに没頭しているように見える。

世之介の手つきには、いっさいの迷いがない。木を彫って物を作るのではなく、木の中に埋まっている何かを彫り出しているように見えた。木材から生み出すべき形が、きっと世之介の目には明確に、細部まで見えているのだ。

龍蔵は身じろぎもせず、固唾を呑んで世之介を見つめている。まるで人ならざるものに魅入られて、時を止められてしまったかのように。

「おい、食事処を開けるぞ」

背後で慎介の声が上がり、ちはるは我に返った。

いつの間にか、夕闇がすぐそこまで下りてきている。

ちはるはたすきを締め直して、調理場に戻った。


世之介が木を彫り始めてから、十日目の昼過ぎ――。

「できたに！」

世之介の大声に、朝日屋一同は裏庭へ出た。満面の笑みを浮かべた世之介が、隣に座る犬の頭を撫でている。

「あっ、獅子丸！」

おふさが叫んで、駆け寄った。

世之介が彫り上げたのは、まさに獅子丸――つぶらな瞳が可愛らしい、小柄な犬である。がっしりと引きしまった体つきや、少しごわごわした短い赤毛まで、そっくりだった。

「代参」と書かれた小さな木札と風呂敷も、しっかり首につけている。

「おお、こりゃすげえ」

怜治が感嘆の声を上げた。

「まるで本物みてえだ」

一同はうなずく。

おふさがしゃがみ込んで、木彫りの獅子丸を抱きしめた。

「不思議だわ。木なのに、やわらかい気がする」

世之介が口角を上げた。

「気に入ってもらえたら嬉しい。土間の隅に置いておくんない」

怜治がうなずいた。

世之介はかがんで、再び木彫りの獅子丸を撫でる。

「よかったな。それじゃ行こか」

世之介が抱き上げて運んだ。本物の獅子丸がいた、土間の隅の壁際に置く。

ちはるは目を見開いた。

「えっ……」

思わず声を上げる。

「何で……さっきよりも、ますます……」

生きているように見える。

今にも「わん」と吠えて、しっぽを振りそうだ。

みなも啞然《あぜん》として、木彫りの獅子丸を凝視している。

「獅子丸は朝日屋におる時、いつも土間の隅で寝起きしとったて、茶々丸さんから聞いとったでな。この場所におる獅子丸を思い描きながら彫ったんや」

だから裏庭で見た時よりも、生き生きとしているように感じるというのか。明り取りの窓から差し込む光の加減から何からを頭に入れて、世之介は完成させたというのか。

あまりにもすご過ぎて、言葉が出ない。ちはるの体が小刻みに震えた。

これは、ただの作り物ではない。世之介が生み出した彫り物には魂が宿っていると感じた。

「明日、江戸を発《た》つに」

屈託のない笑顔で、世之介は続けた。

「名残惜しいけど、先に進まななりませんで」

朝日屋一同は木彫りの獅子丸を見つめながら、静かに大きくうなずいた。

世之介は、自分の手で生み出した獅子丸を見つめる。

「大事なことに気づけたんは、伊勢で茶々丸さんと話したおかげ。ひいては、獅子丸のおかげや。ほんまにおおきんな」

木彫りの獅子丸は、つぶらな瞳でじっと世之介を見つめ返している。きゅうんと小さく返事をする声が、今にも聞こえてきそうだった。

食事処を訪れた客たちは、土間に置かれた獅子丸を見て歓声を上げた。

「おかげ犬だ！　戻ってきてたのか——って、何だよ、作り物かよ」

「嘘だろう。本物だろうよ」

「いや、木彫りだ」

みな入れ込み座敷へ上がる前に、獅子丸の頭や背中を撫で回している。

「可愛いなあ。獅子丸は今頃どうしているのかねえ」

「また会いてえぜ」

おふさが空の膳を手にして調理場へ入ってきた。土間の隅を振り返り、ふふんと得意げに笑う。

「やっぱり人気者は獅子丸よねえ」

おしのも膳を下げてきて、笑いながら同意した。

「あれを見たうちの人と龍蔵さんは、しばらくの間ずっと唸りっ放しでしたよ。親方も、近いうちに見にくるそうです。朝日屋の夕膳も楽しみにしてるって言ってました」

おふさが土間の隅を見つめながら、祈るように胸に手を当てた。

「草加へ帰る前に、獅子丸はまた必ずここへ寄ってくれますよね」

慎介が目を細める。

「そん時ゃ驚くだろうなあ。自分の居場所に、分身がどっかり座ってるんだからよ」

ちはるはうなずいて、木彫りの獅子丸に顔を向ける。
嬉しそうに揺れるしっぽが見えた気がして、ちはるは瞬きをくり返した。

第四話　朝茶

たまおは微笑みながら、やかんの湯を丁寧に湯呑茶碗へ注いでいった。六つの茶碗から、ゆるゆると湯気が立ち昇る。

たまおが茶筒に手を伸ばした。ちはるは邪魔にならぬよう一歩下がる。隣で一緒に見ていたおしのも脇にどいた。

たまおは茶葉を急須に入れると、軽く傾けた。急須の中の茶葉を平らにしているのだ。続いて、湯呑茶碗の湯を急須に入れる。六つ分すべてではなく、少量だ。茶碗一杯分までは入れていない。

ちはるは首を伸ばして急須の中へ目を凝らした。おしのも爪先立ちで覗き込んでいる。

調理台の真ん中に、たまおが急須を置いてくれた。ちはるとおしのは急須の前に寄って、しっかりと中を見た。茶葉がひたひたになるくらいの湯が入っている。

「見てて」

たまおの言葉にうなずいて、ちはるとおしのは急須の中を凝視する。茶葉が湯を吸って開いていくのが見えた。湯をすべて吸った茶葉はふっくらと急須の底一面に広がっており、その深緑色はじょじょに鮮やかな黄緑色に変わっていった。

「面白いですねえ」

ちはるは思わず声を上げた。自分の仕事にかかりきりになっている間は、なかなかじっくりと見ることができない光景である。

たまおが大きくうなずいた。

「ほんと、いつ見ても飽きないのよねえ」

たまおは湯呑茶碗六つ分の湯をすべて急須に入れた。蓋をして、今度は急須から六つの湯呑茶碗へ少量ずつ丁寧に茶を淹れていく。

おしのが不思議そうに首をかしげた。

「本当に、ものすごく少しずつなんですね」

「ええ」

たまおは手を止めずに答えた。

「出だしは特に、お茶の味が淡白だから。お茶の量と濃さがすべての茶碗で同じになるよう、順番に淹れていくのよ」

一列に並べた湯呑茶碗の右から左へ、左端まで淹れ終わったら、今度は左から右へ。何度かくり返す。

「こうやって淹れている間に、熱さもちょうどいい加減になるわ」

飲む時に茶が冷め過ぎぬよう、あらかじめ茶碗を湯で温めておいたのだ。

おしのが首を巡らせて、茶筒のほうを見た。

「最初に茶葉を急須の中に入れておけば、その間も冷めなかったんじゃありませんか。ほんの少し手順を変えるだけでも、違ってくるんじゃないかと思うんですけど」

たまおにしては段取りが悪いのではないかと疑問に思っている様子だ。

ちはるは「あれ」と首をかしげる。

「でも、冬場は茶葉を先に入れてましたよね」

たまおはにっこり笑った。

「その通りよ。さすが、よく見ているわねえ」

「あたしがお茶を淹れなきゃならない時もありましたから。何しろ朝日屋は人手不足でしたからねえ」

おしのとおふさが入ってからはかなり楽になり、ちはるは慎介とともに調理に専念できるようになったのである。

茶を淹れ終えると、たまおはおしのに向き直った。

「少しでも冷ましたくない時は、先に茶葉を急須の中に入れておくの。おしのさんの言うように、ちょっと手順を変えただけでもお湯の熱さは違ってくると思うわ。だけど今は夏だから、冬にお茶をお出しする時よりほんの少しだけ急須の中身がぬるくなるよう心がけているの。冬場は、急須も温めておくのよ」

「そうだったんですか」

おしのは感嘆の息を漏らした。

「お湯の熱さを加減するために、たまおさんはあまりいっぺんにたくさんのお茶を淹れないんですね。いつも、だいたい五杯くらい――ものすごく混んでいる時でも、十杯以上はめったに淹れませんよね」

たまおはうなずいて、六つの湯呑茶碗を盆に載せた。

「やっぱり美味しいお茶を飲んでいただきたいもの。手にあまる仕事はできないわ」

おしのが盆を手にして、入れ込み座敷へ茶を運んでいく。

昼の賄を食べ終えて、くつろいでいた朝日屋一同が振り返る。ひと足先に二階の客室へ茶を運んでいったおふさも、ちょうど戻ってきた。長旅の疲れが出たので、今日は昼までゆっくり寝ていたいという客が一人いたのだ。

「みなさん、どうぞ」

一同は入れ込み座敷で車座になって茶を飲んだ。

おふさがうっとりした表情で瞑目する。閉じた口の中で茶を転がしているかのように、小さく唇を動かした。こくんと飲み込んで、ほうっと息をつく。

「甘い……心地よい渋みもあって、味が深いですねえ」

おふさは目を開けると、たまおを見た。

「何度か教えてもらいましたけど、わたしはまだまだ思うように淹れられません」

たまおが笑う。

「積み重ねよ。わたしは何年も茶屋勤めしていたもの」

おしのが茶を味わいながら小首をかしげた。

「昔からずっと同じように淹れていたんですか？　わたしが前に行った茶屋では、急須なんて使っていなかったような……」

たまおがうなずく。

「わたしが急須で淹れるようになったのは、朝日屋に来てからよ。慎介さんが、そのやり方で淹れていたから」

慎介は昔を懐かしむように目を細めて、湯呑茶碗に目を落とした。

「おれがいた店では、ずっと急須で淹れていたんだ。修業時代も、福籠屋の頃もな」

「わたしが勤めていた水茶屋では、こし茶だったわ」

竹の小笊の中に茶葉を入れて、熱湯をかけるのである。

「お客さんごとに新しいお茶を煮る店もあったけど、煮出すところは、たいてい大きな釜でいっぺんに作っているんじゃないかしら」

茶釜で煮立てた茶を、柄杓《ひしゃく》で茶碗に汲んで出すのだ。煮出して茶が濃くなれば、やかんで沸かした湯で薄める。

「わたしは急須で丁寧に淹れるのが好きよ」

たまおの言葉に、慎介が目を細める。

「茶も奥が深いんだよなあ。たまおが来てからは任せっきりにしていたが、おれも今度また葉茶屋に行ってみるかな。いろいろ勉強しねえと、若え者《わけ》についていけなくなっちまうからな」

「まあ、慎介さんったら」

たまおは笑みを深めた。

「じゃあ近いうち一緒に行きましょうよ」

おしのが素早く手を上げる。

「わたしも連れていってください」

「あたしも！」

ちはるが勢いよく手を上げれば、おふさも負けじと手を上げていた。

「わたしだって行きますよ。朝日屋のお茶は、そんじょそこらの茶屋に負けないくらい美味しいって、お客さまに思っていただきたいですからね」

慎介は相好《そうごう》を崩した。

「上を目指すのはいいこった」

怜治が身を乗り出す。

「おい、酒屋に行って酒の注ぎ方を習ったりは」

「しませんよ」

慎介が即座にさえぎった。

「もするとしても、ちはると怜治さんには留守番を頼みます」

怜治は舌打ちして、じろりとちはるを見た。

「おれはこいつのお守りか。この先、朝日屋の主自ら酌をする機会があるかもしれねえってのによぉ」

「嘘ばっかり！」

ちはるは怜治を睨み返す。

「どうせ練習とか試し飲みとか言って、自分が飲みたいだけでしょう。それに、朝日屋では酌の接待なんてしていません。お客さまには手酌していただいてます」

一同がそろってうなずいた。

怜治は膨れっ面になる。

「何だよ、おれが接待の幅を広げるかもしれねえだろう」

「仲居にまで酌を無理強いするお客が出てきたら、どうするんですか」

ちはるの言葉に、怜治は「むう」と唇をすぼめて押し黙った。

と、その時——。

「ごめんください」

曙色の暖簾から顔を出した男がいる。

年の頃は三十五、六——縞《しま》の着流しに前掛姿だ。真面目そうなお店者《たなもの》である。

「惣太郎《そうたろう》さん」

たまおが立ち上がった。

男は微笑んで一礼する。

「こんにちは。今ちょっとよろしいですか」

「どうぞ、こちらへ」

惣太郎は入れ込み座敷へ上がってくると、怜治の前に居住まいを正した。

「住吉屋《すみよしや》の手代、惣太郎でございます。朝日屋さんには、いつもうちから茶葉をお買い求めいただき、誠に感謝しております」

怜治が「ああ」と声を上げた。

「同じ町内の葉茶屋さんかい」

ちはるは惣太郎の前掛に目をやった。確かに「御茶所住吉」と染め抜かれた文字がある。

怜治も居住まいを正して惣太郎に向き合った。

「こちらこそ、いつも世話になっております。今日わざわざお越しいただいたのは、何かご用件がおありで？」

　惣太郎はうなずく。

「実は、わたしの知人が四日後に江戸へ出てくるのですが、朝日屋さんに泊めていただきたいと思いまして」

　怜治の表情がゆるんだ。

「何だ、やけにかしこまってるんで、値上げの話か苦情かと、ちょっと身構えちまったぜ」

　砕けた口調になった怜治に、惣太郎は後ろ頭をかいた。

「知人に朝日屋さんを強く薦めた手前、もし部屋が空いていなかったらどうしようかと思っていたんです」

「へえ」

　怜治は興味津々の眼差しを向ける。

「四日後に一室用意しておけばいいのかい」

「はい。武蔵国の狭山《さやま》から一名参ります。今回は、三、四日逗留《とうりゅう》することになるかと思います」

　怜治はたまおに目を向けた。

「大丈夫だよな」

たまおは即座にうなずく。

「一室押さえておきます」

「ああ、よかった」

惣太郎は安堵の表情で、ほっと肩の力を抜いた。

「おかげ犬も泊まった一陽来復の宿だから、きっといいことがあると先方に伝えていたものでー―」

話しながら土間の隅に顔を向けた惣太郎は、しばし絶句した。

「おかげ犬……」

床に手をつき身を乗り出して、木彫りの獅子丸を凝視する。

「驚いた。本物がいるのかと……置き物ですよね」

怜治が得意げに胸を張った。

「伊勢の宮大工の置き土産《みやげ》なんだ。うちに泊まっていいことがあったから、礼をせずにはいられねえと言って、裏庭で作っていったんだよ。いずれ名の知れた宮大工になるだろうなあ」

惣太郎は感嘆の息を漏らして目を細めた。

「やっぱり朝日屋さんを薦めてよかった」

惣太郎は怜治に向き直った。

「実は、狭山から来るのは茶農家の五平《ごへい》さんという方なのですが。狭山の茶を世の中に広めるためにはどうしたらよいのかと、かなり頭を悩ませているんです」

怜治は首をかしげて慎介を見た。

「茶の名産地といやぁ、まず思い浮かぶのは駿河や宇治《うじ》だがよ。狭山でも茶を作ってんのか」

慎介がうなずく。

「数年前から江戸で売り出されていますよ」

慎介は確かめるように、惣太郎の顔を見つめる。

「確か、山本屋《やまもとや》のご店主が絶賛なさったとか」

山本屋は、通《とおり》二丁目にある茶問屋である。五代目主の山本嘉兵衛《かへえ》が狭山の茶を飲んで褒《ほ》め称《たた》え、流通のあと押しをした。

「一流の料理人は、茶のことまでよくご存じなんですね」

目を丸くする惣太郎に、慎介は頭を振った。

「料理人仲間に、以前ちょいと聞いただけでさ。狭山で作られた新しい茶が出回ってるってね」

文政《ぶんせい》二年（一八一九）、山本屋を始めとした江戸の茶問屋が、狭山の者たちと茶の売買についての契約書を交わしている。

惣太郎はうなずいて、怜治を見た。

「江戸で売られている茶は、駿河を始めとした各地から入ってきます。信濃《しなの》に甲斐、上総《かずさ》、下野《しもつけ》、北の奥州からも運ばれています」

惣太郎の説明に、ちはるは驚いた。

茶は温暖な土地で栽培されるものだとばかり思っていたが、奥州のような寒い場所でも育つのか。

怜治も目を丸くしている。

「武蔵国だって、冬はそんなに暖かいわけじゃねえよな」

「はい。ですが狭山の丘陵で作られた茶は寒《かん》を知ってたくましく育つので、葉が厚く、深い味わいが出るんです」

ちはるは唸った。

大根や小松菜《こまつな》など、冬が旬の野菜も寒さの中で甘みを増すが、狭山の茶も同じなのだろうかと興味が湧く。茶摘みは夏だとばかり思っていたが、狭山の茶はどうなのだろう。

「五平さんの話によると、武蔵国でも昔から茶は作られていたそうなんです。戦乱の世に茶作りがすたれてしまい、何百年もの間再興されることもなかったそうで」

狭山丘陵で偶然茶の木が見つかり、再興への動きが始まったのは、二十数年前だという。

「茶を見つけた人たちが、狭山で茶の栽培を始め、近隣の村に広めてくれた。江戸の茶問屋とも話をつけてくれた。けれど、狭山の茶を知らない人は世の中にまだまだ多い――と、五平さんは嘆いています」

狭山の茶を置く店がもっと増えるよう、年に何度か江戸へ来て、茶問屋に頭を下げているのだという。

――おれは狭山の茶を日本一にしてえんです。狭山の茶で、村をもっと栄えさせてえんだ――。

だが、なかなか上手くいかない。

江戸に出てくるたび、すれ違う人々に「狭山の茶を知っているか」と問うてみるが、みな首を横に振るばかりだ。茶といえば駿河だろう、いや宇治も有名だ――そんな言葉が返ってくるのみで、五平は落ち込んでいるという。

「山本屋さんの紹介で、住吉屋でも少し前から狭山の茶を扱っております。狭山の茶を置く店は、江戸でも増えてきてはいるのですが」

五平の望みには程遠い。

江戸中の店で狭山の茶を売ってもらいたいというのは、大それた野望なのだろうか。大事に慈しんで育ててきた美味い茶をもっと多くの人々に飲んでもらいたいというのは、叶《かな》わぬ願いなのだろうか。そんなことを悶々と考えるうちに、五平はどんどん自信をなくしていった。惣太郎への文にも、泣き言ばかりが綴《つづ》られるようになったという。

「五平さんは日輪のような人だと、わたしは思っていました。熱意に溢れた、まぶしい人だと」

茶問屋への挨拶回りを終えると、五平は必ず近隣の葉茶屋へ顔を出していた。狭山の茶を置いている店には丁寧に礼を述べ、まだ置いていない店には熱心に売り込んだ。

「五平さんが住吉屋に出入りするようになったのも、その流れでした」

一途《いちず》な五平に好感を抱いた住吉屋の主が、惣太郎に江戸案内をさせたことがあったという。

「何軒もの茶屋を巡り歩いて、いろんな茶を一緒に飲みました。同い年だったこともあり、すっかり親しくなったんです」

惣太郎は懐かしむように目を細めた。

「毎日店で葉茶を売っていても、葉茶を作っている人の話を聞く機会はそれまでありませんでしたから、五平さんの話はとても新鮮で、本当に面白かったんです。茶を栽培する苦労話や、茶の淹れ方についてなど、いろんな話をしました」

二人は時折文を交わして、茶談議を続けた。

「うちの旦那さんも、たいそう喜んでくださいまして」

――茶の生育について知ることは、葉茶屋にとってもありがたい学びになる。五平さんに、いろいろ教えてもらいなさい――。

「五平さんの文にも、わたしは輝きを感じていたんです。畑を耕し、茶を守り育てる人の言葉は力強い、と」

　惣太郎はため息をついた。

「以前の文には『やり甲斐がある』とか『成功させてみせる』とか、そんな前向きな言葉が並んでいたのに。この頃は『つらい』とか『もう無理かもしれない』という言葉ばかりで……何と励ましてよいのやら」

　怜治は顎を撫でさすった。

「だから一陽来復の宿か」

　惣太郎は面目なさそうにうなずく。

「朝日屋さんを薦めることくらいしか、わたしにはできませんでした」

「そいつぁ責任重大だなあ」

「責任だなんて、そんな」

　惣太郎は頭を振りながらも、すがるような目で怜治を見た。

「朝日屋さんの料理は町内でも評判ですし、元茶汲み女のたまおさんもいます。それだけでも、きっと五平さんのためになると思いまして」

　怜治は苦笑した。

「おいおい、目の前に築かれた壁がますます高くなってねえか」

「いえ、そんな……」

惣太郎は口をつぐんで目を伏せる。

「ま、うちを信用してくれるのはありがてえこった」

怜治の言葉に、慎介が感慨深げな表情でうなずく。

「信用は、商売人にとってかけがえのない財ですからねえ。金で買えない宝ですよ」

かつて福籠屋に対する悪評で苦しめられた慎介の言葉は重い。

怜治は、にっと口角を上げた。

「ここで期待に応えられなきゃ、朝日屋じゃねえ。乞うご期待だぜ、惣太郎さん」

「ありがとうございます。どうか、よろしくお願いいたします」

惣太郎は深々と頭を下げた。身を起こすと、懐から紙包みを取り出して怜治に差し出す。

「これは、ほんの気持ちです。みなさんで召し上がってください」

「おい、やめてくれよ、そんな」

「狭山の茶です」

紙包みを押し戻そうとしていた怜治の手が止まる。

「五平さんが作った茶なんです」

惣太郎は両手でしっかと包みを握りしめて、再び怜治に差し出した。

怜治は紙包みをじっと見つめる。

「……そうかい。じゃ、遠慮なく」

目を細めて受け取ると、怜治は紙包みをたまおに渡した。

「あとで淹れてくれ」

「はい」

たまおは紙包みを大事そうに胸の前で持つと、惣太郎に微笑みかけた。

「ありがとうございます」

「こちらこそ」

たまおに笑みを返すと、惣太郎は一同に辞儀をして去っていった。

怜治が曙色の暖簾を見上げる。

「まあ、いつも通りでいこうや」

「はい」

一同はそろって返事をした。

怜治の言う通り「いつも通り」だと、ちはるは改めて胸に刻む。

自分たちにできる、精一杯のもてなしを――。

どこの誰が相手でも、それは変わらないのだ。

四日後、五平が現れたのはとっぷり日が暮れてからだった。

「すいません、すっかり遅くなってしまいまして」

食事処はすでに開いている。入れ込み座敷で飲み食いする客たちを気にしながら、五平は恐縮しきりで頭を下げた。

「謝るこたぁねえやな。頭を上げておくんなせえ」

出迎えた怜治に促されて、五平は身を起こす。

「問屋に挨拶したあと、葉茶屋を何軒か回っていたら、思いのほか時がかかってしまいました」

「災難に遭ったんじゃなくてよかったぜ」

他の客の案内を終えた綾人が、水を張った盥を運んでいく。土間の隅に置き、一人がけの床几を用意した。

「こちらで足をおすすぎください」

五平は背負っていた荷物を下ろすと、草鞋《わらじ》を脱いで水の中に足を入れた。

「ああ、気持ちいい」

うっとりした声が調理場まで聞こえてきた。

五平は大きく息をつきながら、自分の足をいたわるように洗った。綾人が差し出した手拭いで足を拭いている間に、たまおが水を運んでいく。

「どうぞ」

湯呑茶碗を受け取って一気に飲み干すと、五平は瞑目した。

「ああ、生き返った心地だ。七つ立ちで坊村《ぼうむら》を出てから、ほとんど休みなく歩き回っていたもんで」

「さぞ疲れただろう。まずはゆっくり休んでくんな。湯屋はもう閉まっちまってるから、今日のところは部屋で体を拭いてもらうしかねえが」

と怜治が話している間に、すでにおふさが手拭いと小盥を用意している。

「二階の客室へご案内いたします」

おふさのあとについて五平が階段を上っていく。

たまおは入れ込み座敷の様子を見ながら茶を淹れて、五平のもとへ運んでいった。

階下に残ったおしのはきびきびと客の間を行き来して、仲居三人が入れ込み座敷にそろうまで滞りなく食事処を回していた。

客席に目を配りながら、ちはるは慎介とともに料理を作り続ける。

五平が体を拭き終わった頃合いを見計らって、おふさが夕膳を運んでいった。

みな忙しく立ち働き、やがて食事処を閉める時分になる。

最後の客を見送って、綾人が掛行燈の火を落とすと、ちはるは賄を作り始めた。

本日の賄は、夕鯵の茶漬けである。焼いた鯵の身をほぐして、梅干しの果肉、鰹節、炒った白胡麻、青紫蘇《あおじそ》の千切りとともに白飯の上に載せる。静かに煎茶をかければ、でき上がりだ。

どんぶりを入れ込み座敷へ運び、みなで車座になって食べる。

「今日も暑かったなあ」

あっという間に茶漬けを平らげると、怜治は襟を大きくくつろげた。

「もう少し涼しくなってくれねえと、へたばっちまうぜ」

手を団扇《うちわ》代わりにして胸元に風を送りながら、怜治は横目で慎介を見やる。

「調理場はもっとひでえだろう。竈の火を絶やせねえからなあ。老体にはこたえるんじゃねえか」

「まあ、そうですねえ」

と言いながら、慎介は挑むような表情で口角を上げた。

「だけど慣れてるもんでね。入ってすぐの追い回しよりは、ずっとこらえ性がありますよ」

そんじょそこらの若い者には負けないと言外に告げて、慎介は笑った。何とも頼もしい、とちはるは感じ入る。

「手の調子は」

「大丈夫です」

怜治の言葉にちはるが不安を抱く前に、慎介が断言した。

「おかげさまで、疲れがあんまり出ねえうちに鍼灸《しんきゅう》の先生に診《み》てもらうようになりましたから。権八郎さんが教えてくだすった外科の先生は、本当に腕の立つ鍼灸名人でしたよ」

怜治は鷹揚にうなずいた。

「近いうちに、また診てもらいな。慎介の場合は、疲れたと思う前に行くくらいがちょうどいいだろう」

「そうですね」

ちはるは即座に同意した。

「慎介さんが『痛い』って言う時は、よっぽどなんですから。悪くならないように、しっかり診ておいてもらわないと。何なら、あたしがつき添いますよ」

慎介は苦笑する。

「ありがとよ。だが心配はいらねえ。鍼灸くらい一人で通えなきゃ、みっともねえだろう」

ちはるはじっと慎介を見た。

「そんなこと言って、無理されたらたまらないですよ」

「わかった、わかった。絶対に無理はしねえから」

「本当ですね？」

ちはるがしつこく念を押していると、階段を下りてくる足音がした。

五平である。探るような目を一同に向けてくる。

「今ちょっとよろしいですか」

怜治がうなずいた。

「ちょうど賄を食べ終わったところだ。一緒に茶でもいかがですか」

五平は恐縮したように頭を下げる。

「すいません、お疲れのところお邪魔して」

「まあ、お座りなせえ」

怜治に促されて、五平は入れ込み座敷に腰を下ろした。小さく首を動かして、きょろきょろと周りを見回す。

「あ、あれがおかげ犬ですか」

土間の隅に置いてある、木彫りの獅子丸を指差した。

怜治がうなずく。

「本物の獅子丸は、まだ旅の途中でさ。伊勢参りは無事に済ませたそうなんですがね。つき添いの戯作者と一緒に、のんびり草加まで帰ると聞いてます」

「草加も武蔵国ですね」

五平の言葉に、怜治が「おっ」と声を上げる。

「ってこたぁ、五平さんと獅子丸は同郷になるのかい」

「うちの村からは、ちょいと離れていますがね」

木彫りの獅子丸を眺めている五平の表情が少しゆるんだ。

「だけど、おかげ犬と同じ国の出だと思うと、何だか縁起がいい感じがしますねえ」

怜治は目を細める。

「五平さんは狭山の茶を世の中に広めるため尽力なさっていると、惣太郎さんから聞いてますぜ」

五平は頭を振って、怜治に向き直った。

「おれなんか、まだまだ。狭山の茶を江戸で売れるようにしてくださった、村野《むらの》さまと吉《よし》川《かわ》さまの足元にもおよびません」

二人とも武蔵国の製茶家である。坊村に住む村野盛政《もりまさ》と、隣の二本木村《にほんぎむら》に住む吉川温恭《よしずみ》が、狭山丘陵で茶の木を見つけ、何百年もの間すたれていた武蔵国の茶作りを復興させた。

「おれは村野さまと同じ村の出です。米作りに向いていない土地が多かったんで、村野さまたちが茶作りを広めてくださるまでは、食うに困る家が本当に多くて」

五平の家もたいそう貧しかったという。

「村野さまと吉川さまは、村々の暮らしをよくするために京の茶作りを学ばれたり、山本屋さんに茶を贈ったり、本当にお力を尽くしてくださいました」

五平は目を伏せた。

「だから、今度はおれが、村をもっと豊かにするために狭山の茶を世の中に広めたいんです。おれなんかの力じゃ、どこまでできるかわからねえけど、でも」

五平は膝の上で拳を握り固める。

「何もせずにはいられねえんです」

五平は顔を上げた。

「さっきいただいた夕飯は、とても美味かった。出してもらった茶も、悔しいぐらい美味かった。だけど狭山の茶も、負けていねえと思います。負けたくねえと思います」

五平の表情は力強く、澄んだ瞳には美しい輝きがあった。まるで日差しに照らされて光る水面《みなも》のように。

ちはるの頭に惣太郎の言葉がよみがえる。

――五平さんは日輪のような人だと、わたしは思っていました――。

ちはるは五平の顔を見つめた。

おそらく本来は、もっと明るい人なのだろう。苦しそうな顔など見せず、溢れる熱意で周りの者も夢中にさせるような――。

五平は懐に手を入れると、紙包みを取り出した。

「おれが作った茶です。飲んでみてくだせえ」

「もう惣太郎さんからもらったぜ」

「それは聞いていますが」

「こくがあって、美味かった」

「ぜひ、おれがこれから淹れる茶も飲んでみてくだせえ」

怜治をさえぎるように声を上げると、五平は切羽詰まった表情で一同を見回した。

「飲んだのは、たまおさんって人が淹れた茶でしょう？」

「あ、はい」

たまおが手を上げる。

「最初に少しだけ注いでみた時、いつも使っているお茶より濃い色が出たので、あまり長く急須の中で蒸らさないようにしました」

五平は大きくうなずく。

「さすがだ。たまおさんは茶を淹れるのが上手いと、惣太郎さんが褒め称えていた通りだ」

「まあ、そんな……水茶屋で勤めていた経験がありましたもので」

五平は何度もうなずく。

「やっぱり手慣れているんだなぁ」

だけど、と五平は続けた。

「みんながみんな、たまおさんみてえに上手く茶を淹れられるわけじゃねえ。江戸へ来るたんびに何軒もの茶屋に入ってみるけど、はっきり言って不味い茶もけっこうあるんですよ」

どんな茶葉を使っているのか、さりげなく茶汲み女に尋ねてみたが、決して粗末な茶を扱っているわけではなかったという。

「ただ、淹れ方を知らなかっただけなんだ」

五平は手にしている紙包みを見つめた。

「いい茶葉なのに、淹れ方で『不味い』と思われるのはもったいねえ。あまりにも悲し過ぎるじゃありませんか」

それは料理と同じだ、とちはるは思った。

どんなにいい食材でも、料理人の腕が駄目なら「不味い」と言われてしまう。料理人は、食材のよさを完全に引き出さねばならぬのだ。それをできるのが一流の職人なのだ。

「茶は、いろんなところで淹れられます。茶屋や料理屋だけじゃねえ。商家や、長屋でも」

五平は紙包みをそっと握りしめた。

「世の中に狭山の茶を広めるためには、飲んでくれる人を増やさなきゃならねえ。飲んでくれた人みんなに『美味い』と思ってもらうためには、誰が淹れても美味い茶を作らなきゃならねえと思ってます」

それはとても難しい――とちはるは思った。

人には好みというものがある。万人に受け入れてもらえる味というものが、はたしてこの世にあるのだろうか。

「難しいことはわかってる」

独り言つように五平は続けた。

「だけど、茶の本当の味を知ってもらえねえのは嫌なんだ。知った上で『気に入らねえ』と言われりゃ、仕方がねえとあきらめもつきますがね」

たまおがうなずく。

「茶葉の量や、お湯の熱さによって、味はずいぶん変わってきますからねえ。薄くなったり、苦くなったり」

「そうなんですよ」

五平は訴えるように、たまおを見た。

「茶を作る場所としては、おれたちの村は寒い。だけどその分、葉が厚く育って、深い味わいが出る。ちょっとやそっと湯の熱さや量が変わったって、負けねえはずなんです。負けねえための火入れを、おれたちはやっているんです」

現在江戸に出回っている煎茶は、摘み取った茶葉を蒸して、揉みながら乾燥させている。宇治の茶業家、永谷宗円《ながたにそうえん》が元文《げんぶん》三年（一七三八）に考案した製法である。

「茶の淹れ方をろくに知らねえ者が、急須にどばっと湯を入れて、ざーっと湯吞茶碗に注いでも、ちゃんと味が出るよう、おれたちは火入れを工夫しています」

狭山の茶は他の土地の茶よりも甘みが強い、と五平は語る。

「だけど甘いだけじゃねえ。煎茶に求められる香りやすがすがしさだって、ちゃんと出せるはずなんだ」

怜治が慎介を見た。調理場を使わせてもいいか、と目で問うているようだ。

慎介がうなずく。

怜治は五平に向き直ると、調理場を顎で指した。

「じゃあ淹れてみてくんな」

五平は弾《はじ》かれたように立ち上がると、調理場へ向かった。朝日屋一同もあとに続く。

慎介に促され、ちはるは湯を用意した。といっても、大鍋で沸かした湯の残りがまだ冷めきっていなかったので、それでいいと五平に言われ、やかんに移しただけである。その間に、たまおが急須と湯吞茶碗を調理台の上に並べていた。

「それじゃ、いきます」

五平は自作の茶葉を急須に入れると、やかんの湯を入れた。ほとんど間を置かず、湯吞茶碗に茶を注いでいく。

ちはるは目を見開いた。

茶の量と濃さがすべての茶碗で同じになるよう順ぐりに淹れていくのは、たまおと同じだが、たまおよりもっと大胆に――先ほど言っていた通り、まさに「ざーっ」と注いでいるのである。急須に茶葉を入れた時も無造作だったが、あれは体に染みついた目見当ではなかったのか、と疑いたくなるような茶の淹れ方である。

おふさが首をかしげた。

「あの、失礼ですけれど、思ったよりも雑な……いえ、ずいぶん気軽な淹れ方なんですね」

茶農家がこれでいいのか、と言いたげな表情である。

おしのが目をしばたたかせながら同意する。

「何だか、わたしにもできそうに見えてしまいます」

五平がにっと口角を上げた。

「奉公に上がったばかりの小僧でも淹れられますよ。もちろん、きちんと丁寧に淹れられれば、それに越したことはありませんがね。誰が淹れても、それなりの味は出るはずです」

茶を淹れ終わると、五平は調理台の前から一歩下がった。

「さあ、どうぞ」

みな一斉に湯呑茶碗を手にする。

湯呑茶碗から立ち昇ってくる茶の香りが、ちはるの鼻先に押し寄せた。清涼な一陣の風が、緑色の衣をまとって目の前で踊っているような心地になる。

中を覗くと、しっかりと濃く茶の色が出ていた。まるで丘陵に群れて咲く山吹の花のような色合いで、実に美しい。

飲む前から、ほうっと吐息が漏《も》れた。

口に含めば、まろやかな甘みとさわやかな渋みが心地よく舌の上を駆け巡る。

ちはるは目を閉じた。

まるで、深い森の中の日だまりに座って、鳥のさえずりを聞いているような気分になる――。

「なるほど、しっかりした味だ」

慎介の声に、ちはるは目を開けた。

「一日の疲れが、じわじわと癒やされていくようだなぁ」

たまおがうなずく。

「わたしは目覚めの一杯にしたいわ。このお茶を味わったら、今日も頑張ろうっていう気になれるんじゃないかしら」

おふさが同意した。

「毎日が慌ただしく過ぎていくけど、朝に一杯のお茶を楽しむくらいのゆとりは持っていたいですよね」

おしのは感心しきりの表情で湯呑茶碗の中を見つめている。

「美味しいものって、本当に心を豊かにしてくれますよねぇ」

綾人が目を細める。

「わたしが一座にいた頃、毎日欠かさず朝茶を飲んでいる人がいましたよ。朝茶を飲めば、その日の難を逃れることができると言って」

綾人と同じように、親に売られて芸の道に入った役者だという。

「朝茶か……売り文句として使えるかもしれねえなあ」

怜治が空になった湯呑茶碗を調理台の上に置いた。

「誰でも手軽に淹れることができて、美味くて、災難よけにもなるってんなら、みんな喜ぶんじゃねえのか」

五平がうなずく。

「だけど『茶はやっぱり駿河だ』とか『最高の茶は宇治だ』とか言う人が多くて。買ってくれる人が少ねえと、店も置いてくれません。狭山の茶を飲みたがってくれる人が、もっと増えねえと……村野さまたちが再興してくれた武蔵国の茶を、末永く存続させるために、おれは……」

ちはるの心に「存続」という言葉が引っかかった。

朝日屋の存続を懸けた「重陽の祝い膳」と、無料で配った「秋の玉手箱」が頭の中によみがえる。

「試し飲み……」

思わず呟くと、一同がちはるを見た。

「狭山のお茶を知らない人たちに、試し飲みしてもらったらどうでしょう。『玉手箱』の時みたいに、無料で配るんです」

「なるほど」

怜治が、ぽんと手を叩いた。

「枇杷葉湯売りも、無料で味見させたりするもんなあ」

五平がうなずいて、怜治に詰め寄った。

「さっそく明日、葉茶屋で味見用の茶を淹れさせてもらえるよう頼んでみます。料理屋なんかでも試してみてえんですが、どこかいい店を知りませんか」

怜治は慎介を見る。

慎介がうなずいた。

「おれの知り合いの店を紹介しましょう。明日の朝までに文を書いておきますんで、それを持っていけば、おそらく大丈夫でしょう。茶は、店の者が淹れてくれると思いますよ」

「ありがとうございます！」

五平は慎介に向かって深々と頭を下げた。

「もしできましたら、朝日屋さんのほうでもお願いできませんでしょうか。食事処のお客全員に振る舞う分はねえんで、泊まり客に出してもらって、意見をちょうだいできるとありがてえんですが」

「承知しました」

慎介は即答した。

「そんなら、うちでは泊まり客に飲み比べをしてもらいましょうか」

いつも出している茶と、狭山の茶と、味の違いをどう感じるか。遊び半分で気軽に試してもらおうというのである。

「違いなんて何も感じねえと言う人もいるでしょうし、いつも出している茶のほうが美味いと言う人もいるでしょう。それでも、何かひと言でも意見をもらえたら御の字ってことで、どうですかい」

五平は大きくうなずいた。

「どこにも負けねえ茶を作るんだって意気込む一方で、駿河や宇治の茶も素晴らしいとわかっているんです。狭山の茶だって、京に教えを乞うて作ったものですしね。本当は勝ち負けじゃねえんだと、腹の底では思っているつもりなんです。ただ、狭山でも茶を作っているんだとみんなに知ってもらいてえんですよ」

「お気持ちはわかります」

慎介はしみじみとした声で続けた。

「おれたちだって同じでしたよ。客に入ってもらうためなら、何でもしようと思った。喜んで助力させていただきますよ。ねえ、怜治さん」

「おう、もちろんだぜ」

怜治が明るい声を上げる。

「何なら、おれが茶を淹れて運んでやるぜ。奉公に上がったばかりの小僧でも淹れられるってんなら、おれにできねえはずがねえ」

一同は怜治を見た。なぜか、やる気満々の表情である。

自信に溢れた笑みを浮かべる怜治に向かって、五平が不安そうに口を開いた。

「あの、旦那、誰にでも淹れられるとは申しましたがね。きちんと丁寧に淹れられればそれに越したことはねえっていう、その言葉も忘れねえでくださいよ」

「大丈夫だ、任しとけって」

どんと胸を叩く怜治に、ちはるは苦笑する。

茶汲み女ならぬ茶汲み男か——。

「接待の幅が広がるかもしれませんねえ」

ちはるの嫌みに、怜治はまんざらでもなさそうな表情で笑みを深めた。

翌朝、五平は張り切って出かけていった。背負っていた四角い風呂敷包みは茶箱だろう。狭山の茶が江戸の人々に広く知れ渡るよう祈りながら、ちはるは自分の仕事に取りかかった。

塩漬けにしておいた辣韮《らっきょう》を水に浸けて、塩抜きをする。その間に、朝仕入れてきた西瓜の実を小さく切り、砂糖を加えて煮る。西瓜糖を作るのだ。白玉にかけて、食後の菓子とする。

海老や野菜の下ごしらえなどもしているうち、あっという間に時は過ぎていった。

やがて日が暮れて、食事処を開ける時分となる。

本日の夕膳は、辣韮の塩漬けと胡瓜のあえ物、海老の梅紫蘇炒め、烏賊の姿焼き、豆腐と茄子の揚げ出し、白飯、しじみの澄まし汁——食後の菓子は、白玉の西瓜糖がけである。

客たちの笑いさざめく声を聞きながら、ちはるは慎介とともに調理場で料理を作り続けた。

「今日も美味かったなあ」

「ごちそうさん、また来るよ」

一人、また一人と、入れ込み座敷から客の姿が消えていく。

気がつけば、もうすっかり夜が更けていた。

遠くから犬の遠吠えが聞こえてくる。大通りから喧噪が消え、町は静まり返っていた。人々は寝支度に入る頃だろうか。

「すみません、まだいいですか」

戸口からひょいと顔を出したのは、越後屋の完蔵である。

「大丈夫ですよ」

「どうぞ、こちらへ」

綾人が草履をしまっている間に、おふさが入れ込み座敷へ案内した。すっかりお馴染みとなった、調理場近くの席である。

膳と酒を注文して、完蔵は懐から手拭いを取り出した。

「今日も暑かったですねえ」

首筋の汗を拭うと、おしのが運んでいった膳を見て相好を崩す。

「これは美味そうだ。暑さで食欲が失せるような日も、朝日屋の料理ならぺろりと食べられますよ」

慎介が一礼する。

「ありがとうございます。そう言われると、こっちも作る張り合いが増すってもんだ」

ちはるは大きくうなずいた。

「お客さんに喜んでいただけるなら、竈の炎も何のそのですよ」

完蔵は笑いながら手酌した。くつろいだ表情で膳を食べ進める。

「あ、お帰りなさいませ」

綾人の声に顔を上げると、戸口に五平が立っていた。朝から町に出ていたため、疲れ果てたのだろうか。やけに暗い表情である。

怜治が歩み寄った。

「首尾はどうだった。上手くいったかい」

五平は首を横に振った。

「無料だから飲んでみてくださいと言っても、手に取ってくれる人が思ったよりかなり少なくて」

ちはるは慎介と顔を見合わせた。

「まあ上がりなよ」

怜治が入れ込み座敷へ促すと、五平は背負っていた荷物を下足棚の脇に置いた。力ない足取りで、怜治についてくる。

完蔵の前に立つと、怜治は隣に目を落とした。

「一緒にいいかい」

「もちろんです。袖振り合うも多生の縁ですからね」

完蔵はにっこり笑って五平を見上げた。

「だいぶお疲れのようですね」

「はあ……」

五平は後ろ頭をかきながら、完蔵の隣に腰を下ろした。

「飯は？」

怜治に問われて、五平は頭を振る。

「まだです。だけど食欲がなくて」

「食べなきゃ夏負けしちまうぜ」

怜治に合図され、おふさがすぐに膳を運んでいく。

「ひと口だけでも食べてくんな」

五平はうなずいて、箸を手にした。

しじみの澄まし汁を口にして、ほうっと息をつく。続いて、辣韮と胡瓜のあえ物を。さらに海老、烏賊と食べ進めていく。

「あれ、何だか食べられるぞ」

引っ切りなしに箸を動かし、次々と料理を平らげていった。

五平は呆然としたように膳の上を見つめる。

「けっきょく全部食べちまった……」

狐《きつね》につままれたような表情である。

完蔵が声を上げて笑った。

「美味いものの力は、すごいですよねえ」

五平は照れたように苦笑する。

「最初はさっぱりとしたあえ物、次は紫蘇を使った夏らしい海老、香ばしい烏賊――ちょっと手をつけてみようかなと思って食べている間に、気がついたら心身の疲れを忘れてました」

完蔵はうなずく。

「ずいぶん日に焼けておいでですが、出職《でしょく》の方ですか」

「狭山で茶を作っているんです」

「ほう、狭山」

完蔵は顎に手を当てる。

「確か、途絶えていた茶作りが再開されたんでしたね」

「よくご存じで」

五平が目を丸くした。完蔵の承諾を得てから、怜治は彼の立場を明かす。

「こちらは、あの越後屋の目代を務めるお方だ。江戸のことなら何でもご存じなんだろうさ」

　完蔵は笑いながら恐縮する。

「何でもって、そんな大げさな」

　五平はじっと完蔵を見つめた。

「越後屋さんは、どうやってあんな大店になったんですか」

　思わず口から出たように、五平は問うた。

「越後屋さんでは、突然の雨にお客が濡れねえよう、貸し傘を用意してありますよね。通りがかりの者にも無料で貸し出すって聞きました」

　にわか雨が降ると、越後屋の屋号が入った番傘が江戸の町いっぱいに広がるといわれている。

「やっぱり、それくらい大がかりな宣伝をしねえと物は売れねえんでしょうか」

　五平の問いに、完蔵は微笑んだ。

「最初から宣伝をしようと思って傘を貸し出したわけではありませんよ。やはり一番は、大事なお客さまが濡れないように、という思いです。それから、道ゆく方たちにも貸し出すようになったのは、もちろん宣伝になればいいという考えもありましたが、本当はもっと簡単な話なんですよ」

　完蔵は笑みを深めた。

「濡れて困っている人を見たら、放っておけないじゃありませんか」

五平は虚を衝《つ》かれたような顔になった。

「放っておけない……」

完蔵はうなずいて、手酌する。

「先ほど耳に入ってきたお話からすると、ご自分の作ったお茶を広めるためにご苦労なさっているようですね」

「ええ、まあ」

無料で茶を配った経緯を語って、五平は肩を落とした。

「顔馴染みになった葉茶屋に頼んで、店頭で茶を淹れさせてもらったんです。何軒か回って、お客に試し飲みを頼みました。通りに出て、道ゆく人たちに声をかけたりもしたんです」

だが、無視されることが多かったという。

「ちゃんと無料だって言ったんですよ。味を見てくれるだけでいいって、必死で頼みました。それなのに、なかなか手に取ってもらえなくて」

五平は悔しそうに拳で膝を叩いた。

完蔵がうなずく。

「その必死さが、徒《あだ》となってしまったのかもしれませんねえ」

「え……」

「まずは売ろうとせずに、相手の顔をちゃんと見ることですよ」

五平は自分の頰に手を当て、今日を振り返ってでもいるかのように眉をひそめた。

「相手の顔……」

怜治が「なるほど」と唸った。

「追えば逃げるってえのは、世の常だからなあ」

たまおが運んでいった食後の茶を、五平はしばらくの間じっと見つめていた。


翌日、五平は再び茶箱を背負って出かけていった。もう一度、江戸の人々に狭山の茶を試し飲みしてもらうのだという。真剣な面持ちだったが、昨日よりどこか力みのない顔つきに見えた。

今日は上手くいけばよいのだが……と思いながら、ちはるは自分の仕事に取りかかる。

大根の皮をむいたり、葱を刻んだり、懸命に手を動かした。

「怜治さん、お客さまです」

綾人の声に顔を上げると、目付の新倉が戸口に立っていた。二階から下りてきた怜治が眉をひそめる。

「忙しいところ、すまぬな」

「そりゃ構いませんが。どうなすったんで、いったい」

入れ込み座敷へ促され、怜治と向かい合って座ると、新倉は困ったように眉尻を下げた。たまおが運んでいった茶をひと口飲んで、ほうっと息をつく。

「実はな」

湯呑茶碗を茶托《ちゃたく》に置いて、新倉は静かに怜治を見た。

「先日の広田屋の一件の他にも、安岡左門の名が出てきてのう」

怜治が息を呑む。

「何ですって」

「仔細は言えぬが、茸屋町の湧泉堂《ゆうせんどう》という薬屋に関わる者も、やつの名を口にしておるのだ」

ちはるは思わず調理場で聞き耳を立てた。慎介も手を動かしながら耳を澄ましているようだ。仲居の三人と綾人も下足棚の前に寄り集まって、入れ込み座敷のなりゆきをじっと見守っている。

怜治が身を乗り出した。

「湧泉堂といやぁ、詩門が賊を斬り捨てたところじゃありませんか。火事で丸焼けになっていますよね」

「うむ」

新倉は大きくうなずいた。

「柿崎詩門は、そこで深手を負ったのだったな」

怜治が眉根を寄せる。

「まさか、あの兄弟を何か疑っておいでで？　左門さまはともかく、詩門は火盗改ですぜ。賊が現れるところへ出張るのが務めじゃありませんか」

「わかっておる」

まるで幼子を諭すように、新倉は続けた。

「だが、左門の名が二度も出てきたからな。ただの偶然やもしれぬが、お役目上、調べぬ訳にはゆかぬ」

「まあ、そうでしょうねえ」

怜治は探るような目で新倉を見た。

「左門さまのほうには手数をかけておいでで？」

「うむ、あちらは配下の者たちに任せてある」

新倉はあっさりと答えて、静かに怜治を見据えた。

「改めて尋ねるが、柿崎詩門に何か変わった様子はないかな」

怜治は肩をすくめる。

「何もありませんぜ。そりゃ、兄貴の名が出たってことで広田屋の詮議からはずされちまったから、落ち込んではいるでしょうがね。勘定吟味役ってお役目は周りの恨みを買いやすいって、ぼやいてましたぜ」

「そうよのう、愚痴のひとつもこぼしたくなるであろうなあ」

新倉は納得したような表情で顎を引いた。

「柿崎詩門が親しくしておる者は、おぬしの他におらぬようだが、そのおぬしが他に何も知らぬというのであれば――」

新倉は、ふと言葉を切って宙を仰いだ。

「あとは品川の女ぐらいか」

怜治が「ああ」と声を上げる。

「火盗改の連中が非番の時にくり出す店の女郎ですかい」

新倉は苦笑した。

「夢幻楼《むげんろう》の、清香《きよか》という女子《おなご》が馴染みらしい」

「へえ、そいつぁ知らなかった」

「念のため、品川へも行ってみるとするかな」

まるで散歩にでも出かけるような口調で呟いて、新倉は腰を上げる。

「邪魔をしたな」

ふと土間の隅に顔を向けて、新倉は「おお」と声を上げた。

「犬か」

草履を履いて、そそくさと駆け寄る。

「これが噂のおかげ犬か。よくできておるのう。いや、実に可愛らしい。我が家の犬の置き物も作りたくなるなあ」

おふさの体がぴくりと動いた。むずむずとしたかゆみを抑えるように両手を握りしめて、新倉を見つめる。その視線を感じたように、新倉が振り向いた。

「うん？　何だね」

問いかけられ、躊躇《ちゅうちょ》していたおふさだったが、じっと見つめられて思い切ったように口を開いた。

「あの、新倉さまが飼っていらっしゃるのはどんな犬なんですか」

新倉は目を見開いて、おふさの顔を凝視する。

「犬が好きなのかね」

おふさは大きくうなずいた。

「動物はみんな好きですが、おかげ犬の獅子丸には特別な愛着がありました。やはり何日か世話をしていましたので」

新倉は満面の笑みを浮かべる。

「わしが飼っているのは、黒くて大きな犬だ。月丸《つきまる》といってな。生後間もない子犬の時に、道で烏《からす》に襲われていたところを助けたのだ。怪我をしておったので連れ帰り、手当てをしたのだが、もう助からぬかと思った」

愛犬を思い浮かべているような表情で目を細め、新倉は木彫りの獅子丸をそっと撫でた。

「夜を徹して見守った日の月が、実に美しくてなあ。神がかった光に、どうかこの犬が助かりますように、と願をかけたのだ」

おふさが感動したように「まあ」と声を上げる。

「それで月丸という名をおつけになったのですね」

「うむ。あの夜の月の光を思い出すような、青い首輪をつけておる」

「黒い犬に、青い首輪……素敵ですねえ」

おふさは、はっと目を見開いた。

「ひょっとして、卯月《うづき》（旧暦の四月）に、月丸を連れて朝日屋の近くにいらっしゃいませんでしたか」

おふさが勢いよく調理場へ顔を向ける。

「ほら、ちはる、お祖父ちゃんの祝い膳の相談で慈照さまのところへ行った時、黒い大きな犬を見かけたでしょう」

「えっ？」

「紐で繋がれていないのに、おとなしく飼い主に寄り添っている賢い犬がいたじゃない。

大きくて、黒い犬が」

ちはるは首をひねった。

そういえば、確か、おふさが武士の飼い犬をじろじろと見ていたが——あの武士が新倉だったかどうか、わかるはずもない。

「よくわかったのう」

新倉の言葉に、ちはるは目を見開いた。

「朝日屋の裏口から可愛らしい女子《おなご》が二人出てきたと思って見ておったので、わしも覚えておる」

「まあ、可愛らしいだなんて、そんな」

おふさが照れたようにうつむいた。

入れ込み座敷に座っていた怜治が腰を浮かせる。

「賑やかな町の中で、犬の散歩ですか」

新倉は目を細めてうなずく。

「たまに違う場所を歩いてみるのだよ。そうすると、新たな気づきを得られることもある」

新倉はにっこり笑うと、そのまま静かに去っていった。

「怜さま」

たまおが心配そうな目を怜治に向けた。

「柿崎さま、大丈夫でしょうか」

朝日屋一同はじっと怜治を見つめる。

「おそらく、詩門はな」

怜治は即答して、新倉が出ていった戸口へ顔を向けた。

「だが、思っていたより大事になっているのかもしれねえな」

曙色の暖簾が風に大きくひるがえった。

ちはるも戸口を見やる。

敷居の向こうに見える町は強い日差しに照らされて、うっすらと砂埃《すなぼこり》を上げる道はまるで、煙を上げる焼き鍋のようだ。

けれど朝日屋に吹き込んできた風のにおいは、どこか湿り気を帯びている。

夕立が来なければいいが――と、ちはるは思った。


けっきょく雨は降らなかった。

日暮れ時に戻ってきた五平はたいそう疲れたような顔をしていたが、怜治に促されるまま、力強い足取りで入れ込み座敷へ上がってきた。調理場の近くに腰を下ろして、たまおに差し出された水を一杯飲む。

食事処を開ける直前の入れ込み座敷で、怜治が五平と向かい合った。

「で、どうだった」

五平は微笑とも苦笑ともつかぬ笑みを浮かべる。

「いやあ、やっぱり難しいですねえ。だけど昨日よりは、勧めた茶を手に取ってくれる人が増えました。だから、まずまずと言っていいのかな」

今日は神田にある葉茶屋の店先で、道ゆく人々に「味見をお願いします」と声をかけて茶を配っていたのだという。

「しばらくしたら、葉茶屋の女将《おかみ》さんが『中でひと休みしな』って声をかけてくれましてねえ」

――この暑い中、ご苦労さんだねえ。さっきから「お疲れさんです」って声をかけながら茶を配っているけど、あんたも相当お疲れだろう。よかったら、ところてんをお食べよ――。

「女将さんと一緒にところてんを食べながら、いろんな話をしました。女将さんの故郷では、ところてんを作るための天草《てんぐさ》がよく採れるそうで」

――伊豆《いず》国の須崎《すざき》ってとこさ。あわびがよく獲れる村なんだけど、うちの親兄弟は天草を採って暮らしているんだよ――。

五平は、ふふっと思い出し笑いをした。

「女将さんの実家の猫は、あわびの貝殻を皿にして餌を食べているっていうから、まあ驚いた。だけど江戸の猫も、あわびの貝殻を餌皿に使っているそうじゃありませんか。まったく贅沢ですねえ」

五平の楽しげな声が、まだ客の入っていない入れ込み座敷に響いた。

ちはるは調理場で手を動かしながら、五平の話に耳を澄ます。

怜治も、入れ込み座敷の前に集まった仲居たち三人も、黙って耳を傾けていた。

五平がたまおに顔を向ける。

「そういやぁ、住吉屋の惣太郎さんも伊豆国の出でしたよねえ」

たまおは微笑んだ。

「ご実家は、熱海村《あたみむら》で葉茶屋をなさっていると伺いましたよ。跡継ぎのお兄さんがいるので、惣太郎さんは住吉屋さんへ奉公に上がったそうですね」

五平がうなずく。

「今日、葉茶屋でいただいたところてんは、生姜と酢醤油で食べたんですけど。女将さんが、狭山の茶には甘いほうが合うんじゃないかって言ってくれて」

たまおが小首をかしげる。

「確かに、甘い物と濃いお茶はとても合いますよねえ。上方では、ところてんに砂糖をかけて食べると聞きますし」

ちはるの頭に、ぽんと慈照の顔が浮かんだ。

「ところてんに餡子……」

餡好きの慈照なら、絶対にやるだろう。

慎介も同じことを考えたようで、ちはるの隣で苦笑している。

「明日うちでも、ところてんを作るか。慈照さまにも持っていってさしあげな」

ちはるは勢いよく慎介を見上げた。

「いいんですか⁉」

慎介は笑いながらうなずく。

「いつも世話になってるからよ。ところてんで涼を取っていただきな」

「はい、ありがとうございます！」

さすがは自慢の師匠だと、ちはるが感じ入っているところへ、綾人の声が響いた。

「お客さま、すみません、食事処はまだ開けておりませんで」

「泊まり客の、五平さんって人に会いにきたんだよ」

一同は戸口を見た。

粋な縞の着物をまとった大年増《おおどしま》が、五平のほうへ向かって手を振っている。

五平が腰を浮かせた。

「女将さん、どうしてここへ」

ちょうど今話に出ていた、ところてんを振る舞ってくれた葉茶屋の女将だという。連れの男が一人いた。

「ちょいとお邪魔しますよ」

女将は男を従えるようにして、まっすぐ五平のもとへ来た。怜治に一礼して、五平の前に膝を突く。

「こちらは隣町の葉茶屋さんだよ」

連れてきた男を紹介して、女将はにっこりと笑った。

「狭山のお茶を置いてみないかって声をかけたら、話に乗ってくれてさ。明日さっそく茶問屋に話をしてくるからね」

「えっ……」

五平は戸惑った表情で、女将と男を交互に見た。

「それで、わざわざ？　いってえ、何で――」

二の句が継げない五平に、女将は笑みを深めた。

「五平さんは、心底お茶が好きなんだってわかったからさ。あんたみたいな人が作ったお茶を、あたしたちも売りたいと思ったんだよ」

朝日屋一同にも聞かせるように、女将は語る。

「ところてんを食べながら、いろんな話をしただろう。あたしが茶の相談をしたら、親身になって答えてくれてさ」

体調を崩して臥《ふ》せってしまった知人の見舞いに、茶を持っていこうと思うのだが、どの茶葉を選んだらよいか迷っている、と五平の意見を聞いたのだという。

「あたしは葉茶屋だろう。下手なものを持っていけないっていう気負いもあったのさ。それに、病人にどんな茶を渡したらいいのか、正直さっぱりわからなくてさ」

五平はじっと考え込んだあと、女将に告げた。

――駿河の茶がいいんじゃねえですか――。

「てっきり狭山の茶を薦められるかと思っていたから、ちょいと驚いたよ」

なぜ駿河の茶なのか問うと、五平は淀《よど》みなく答えたという。

――駿河の茶は、色が綺麗だ。臥せっている人の気持ちをなごませて、元気づけるんじゃねえかな。味も濃過ぎねえし。宇治の茶も香りがいいから薦めてえけど、もし病人が鼻詰まりだったら、においがわからねえだろうからなあ――。

「さっき、さっそく見舞いにいってきたんだけどさ」

女将は思い出し笑いをした。

「相手は鼻詰まりだったよ。駿河の茶にして、本当によかった」

「それじゃ、お知り合いは重い病じゃなかったんですね？」

女将がうなずく。

五平は安堵の息を漏らした。

「そりゃあ、よかったですねえ」

「あんたの、その心持ちが嬉しくてさ」

見舞いの帰りに、女将は葉茶屋仲間のところへ寄って、五平の話をしたのだという。

女将は連れの男を見上げた。

「こちらさんは、あんたの評判をすでに聞いていたんだってさ。江戸へ来て、熱心に挨拶回りをしている茶農家がいるって、感心してた」

男が大きくうなずいた。

女将は五平に向き直る。

「次に江戸へ来る時も、うちに寄りなよ。それまでには、もっと多くの仲間に声をかけておいてあげるからさ」

五平の目が潤む。

「あ……ありがとうございます」

深々と頭を下げる五平の肩を励ますように叩いて、女将は腰を上げた。

「それじゃ、またね」

「はい」

女将と連れの男は帰っていく。戸口で二人を見送って、曙色の暖簾を見上げる五平の前には、明るい希望の光が差しているようだった。


翌朝、五平は日の光が照らす道を歩いて狭山へ帰っていった。

ちはるは満ち足りた気持ちで仕事に精を出す。慈照に持っていく、ところてんも作った。

今日はいい日になるぞ、と思いながら手を動かしていると、昼前になって火盗改の秋津が現れた。

ちはるは思わず身構える。この男は、来るといつも怜治に文句を言うのだ。

出迎えた怜治の表情も、どことなく緊張しているようだ。

秋津は土間に踏み入ると、朝日屋の中をぐるりと見回した。

「今ちょっといいか」

「ええ、構いませんが」

秋津は怜治の真正面に立つ。

「朝日屋は今や繁盛店になったなあ。幸せの四菜を食べにくる客や、遠方からの泊まり客が、連日大勢やってくると聞いているぞ」

秋津は照れたように咳払《せきばら》いをした。

「おまえも、しっかりと地に足をつけて励んでおるようではないか」

ちはるは耳を疑った。

秋津が朝日屋を――怜治を褒めている！

怜治も驚いたように、秋津の顔をまじまじと見つめている。

「実によい仲間を得たようだな」

秋津の表情がわずかにゆがんだ。

「おまえが仲間思いだということに、もっと早く気づけていたらよかった」

「秋津さん……何かあったんですか」

「いや」

秋津は小さく頭を振った。

「柿崎の様子に何か変わったことがあったら、すぐおれに教えてくれ。どんな小さなことでもいい。あいつは、じっとしていられないかもしれん」

「それは、左門さまに関してですか」

「目付が動いているだろう」

「ええ……新倉さまがうちにもいらっしゃいました」

秋津は黙ってうなずいた。すでに知っている様子だ。

「どこかから耳に入るかもしれねえから、おれから言っておくが、広田屋で捕らえた賊が一人、牢内《ろうない》で死んでな」

怜治の顔色が変わる。

「何ですって」

「今度こそ、おまえは絶対に動くなよ」

秋津の声が強く響いた。

「おまえはもう火盗改じゃねえんだ。おまえに何かあれば、朝日屋の連中はどうなる」

秋津は両手で怜治の肩をつかんだ。

「次に何かあれば、おれが動く。いいな。また仲間と別れたくはないだろう」

怜治は黙って秋津を見つめていた。

秋津は口角を上げて、怜治の肩をぽんと叩いた。

「また来る。今度は飯を食いにくるつもりだ。おれも朝日屋の四菜を食ってみたいからな」

秋津は右手を上げて、踵を返した。

「もし気になることが出てきたら、その時にでも教えてくれ」

風にひるがえった曙色の暖簾が、秋津の姿を隠すように大きく揺れた。

夏が終わる――ちはるは唐突にそう思った。

吹き込んできた風の中に、枯れ草のにおいが混じっていたような気がした。

秋津が帰ってしばらくすると、今度は詩門が現れた。

出迎えた怜治の前に立つと、殊勝な顔で頭を下げる。

「また目付の新倉さまがいらしたそうですね。先ほどは、秋津さんもやってきたと聞きました」

「ずいぶん耳が早《はえ》えなあ」

怜治は笑うが、詩門の表情は硬い。

「兄のとばっちりで、とんだご迷惑を」

「かけられてねえよ」

怜治は力強く詩門の背中を叩いた。

思いのほか大きく顔をしかめた詩門に、怜治が慌てる。

「すまねえ。ひょっとして、あん時の傷跡がまだ痛むのか。葺屋町の――」

「いえ、それはありません。大丈夫です」

「だがよ」

言いかけて、怜治は首をかしげた。

「そういや、ちょっとばかり気になっていたんだがよ。おまえが斬り捨てた賊は、何を得物にしていたんだ。匕首で脇腹を刺されたのか」

詩門が怪訝《けげん》な顔をする。

「どうしたんです、いきなり」

「いや、おまえほどの者に傷を負わせたんなら、たいした手並みだと思ってな。だが、相手はそんなに強かったのか？　短刀でかかってきたんなら、懐に飛び込まれたんだよなあ？」

過去を振り返るように詩門は瞑目した。

「揉み合って、頭を強く打ってしまったので、よく覚えていませんが――わたしは怜治さんほどの腕じゃありませんよ」

「んなこたぁねえだろう」

「稽古では、一度も勝てなかったじゃありませんか」

詩門は自嘲めいた笑みを浮かべた。

「やはり年季が違うのかな。しょせんわたしは、怜治さんのように武官の家の出ではありませんからね」

「そんなこと」

「ありますよ。現に、文官同士の足の引っ張り合いに巻き込まれていますからね。勘定吟味役の兄や父がいなければ、きっと今頃わたしは――」

詩門は言葉を切って、苦笑した。

「嘆いても詮無《せんな》いことでした。忘れてください」

詩門は背筋を正して怜治を見た。

「とにかく、いろいろとすみませんでした。ただ、それを伝えたくてきたんです」

詩門は一礼して戸口へ向かう。

「おい、待てよ」

引き留める怜治の声を振り払うように、詩門は足早に去っていった。

その後ろ姿があまりにも切なく見えて、ちはるは調理場でひっそりとため息をついた。

ところてんを持って天龍寺を訪ねたちはるは、つい愚痴をこぼすように、詩門の話をしてしまった。

「あたしは一人っ子で、兄弟がいたらいいなと思ったこともありましたけど。柿崎さまを見ていたら、兄弟がいてもいろいろ大変なんだなあと思って、何だか悲しくなっちゃいました」

慈照はところてんの器を手にして微笑んだ。ちはるから受け取って、さっそく甘い粒餡を載せたのである。

「同じ家に生まれても、歩む道は別々——それもまた人生だな」

慈照はしみじみと、ところてんを見つめた。

「ところてんは、寒ざらしにして乾物にすれば寒天となるが、もとは同じ天草から作られたもの。まるで、こたびの兄弟のようではないか」

ちはるは感嘆の眼差しで慈照を見つめた。

「そんなこと考えたこともありませんでした」

「ものの見方はさまざまだということだよ。ところてんの食べ方も、しかり」

ちはるはうなずいた。

「確かに、同じところてんでも、甘くして食べるかしょっぱくして食べるかで、全然違ってきますよねえ」

慈照は笑みを深める。

「だから人は迷い、悩むのだがね」

ちはるは唸った。

正解はひとつではない、ということだろうか。

「自灯明《じとうみょう》という言葉がある」

禅語だという。

「お釈迦《しゃか》さまが入滅なさる時に遺《のこ》した言葉なのだがね。自分の道を自分で照らし、自分を信じて進みなさいという意味だよ」

それはとても難しい——とちはるは思った。

「あたし……料理の道を邁進《まいしん》するって決めてますけど、やっぱり時々ものすごく不安になるんです。特に、久馬のことを思い出したりすると、ひどく動揺しちゃって。お客さんのために心を込めて料理を作らなきゃいけないって思うのに、いつの間にか、久馬が憎いという気持ちで頭がいっぱいになっちゃいそうで……」

真っ暗闇に呑み込まれてしまいそうになるのだ。

ちはるは唇を震わせた。

「こんな自分じゃいけないって思います。自分を信じきることが、あたしにできるんでしょうか」

ちはるは膝の上で拳を握り固めた。

慈照がところてんを置いて、ちはるの手をそっと握りしめる。

「わたしが慈照という名をいただいた時、前住職の慈英《じえい》さまはおっしゃった」

――人々を慈しみ、迷い悩む者たちの心を明るく照らせるような存在になりなさい――。

その言葉を噛みしめるように、慈照はくいと口角を上げた。

「もし、ちはるの進む先に真っ暗闇が待ち構えているのなら、きっとわたしが、おまえの灯明になろう」

慈照は目を細めて、ちはるをじっと見つめた。

「おまえは決して、一人ではないのだよ」

慈照の澄んだ瞳は、まるでこんこんと湧き出る泉のようだ。優しく力強い眼差しにそっと背中を押されたように、ちはるはうなずいた。

「何かあったら——いや、何もなくても、いつでもわたしのところへおいで。わたしはずっと、ここにいるのだから」

「はい」

慈照の手の温もりに、ちはるの胸がじわりと熱くなる。

開け放してある障子の向こうを風がよぎった。境内の木々がさわさわと音を立てて枝葉を揺らす。

まるで緑色の風が吹き抜けたようだと、ちはるは思った。

夏が過ぎていく。

本書を執筆するにあたり、左記の方々に多大なる協力をいただきました。
ほしひかる氏（特定非営利活動法人 江戸ソバリエ協会理事長）
林幸子氏（料理研究家）
この場を借りて、心より御礼を申し上げます。
著者

本作は書き下ろしです

中公文庫

まんぷく旅籠《はたご》 朝日屋《あさひや》
もちもち蒸《む》しあわびの祝《いわ》い膳《ぜん》

2024年 9 月25日　初版発行

著　者　高《たか》田《だ》 在《あり》子《こ》

発行者　安 部 順 一

発行所　中央公論新社
〒100-8152　東京都千代田区大手町1-7-1
電話　販売 03-5299-1730　編集 03-5299-1890
URL https://www.chuko.co.jp/

ＤＴＰ　嵐下英治
印　刷　大日本印刷
製　本　大日本印刷

Published by CHUOKORON-SHINSHA, INC.
Printed in Japan　ISBN978-4-12-207560-3 C1193

中公文庫既刊より

た-94-1
朝日屋　まんぷく旅籠
ぱりとろ秋の包み揚げ
高田在子
お江戸日本橋に、ワケあり旅籠が誕生⁉　人生のどん底を知り、再出発を願う者たちが集められた新生「朝日屋」が、美味しいご飯とおもてなしで奇跡を起こす！
206921-3

た-94-2
朝日屋　まんぷく旅籠
なんきん餡と三角卵焼き
高田在子
店先で、元女形の下足番・綾人に「動くな！」と命じる男の声。ちはるが覗いてみると……料理自慢の「朝日屋」は、今日も元気に珍客万来！　文庫書き下ろし。
207079-0

た-94-3
朝日屋　まんぷく旅籠
しみしみがんもとお犬道中
高田在子
今度の泊まり客は、お伊勢参り中の犬⁉　珍客万来、今日も賑わう旅籠朝日屋だが、下足番の綾人が気になる人影を目撃する……。文庫書き下ろし。
207208-4

た-94-4
朝日屋　まんぷく旅籠
あつあつ鴨南蛮そばと桜餅
高田在子
朝日屋の主・怜治の元同僚、火盗改の柿崎詩門が盗賊に斬られたらしい。安否を確かめにいった怜治だったが、本人に会うことはできず……。文庫書き下ろし。
207343-2

た-94-5
朝日屋　まんぷく旅籠
とろとろ白玉の三宝づくし
高田在子
怜治はなぜ火盗改を辞めたのか――。ちはるの仇敵・久馬の店で起きた喧嘩騒ぎをきっかけに、知られざる痛ましい過去が明かされる。文庫書き下ろし。
207442-2

あ-59-4
一路（上）
浅田次郎
父の死により江戸から国元に帰参した小野寺一路は、参勤道中御供頭のお役目を仰せつかる。家伝の行軍録を唯一の手がかりに、いざ江戸見参の道中へ！
206100-2

あ-59-5
一路（下）
浅田次郎
蒔坂左京大夫一行の前に、中山道の難所、御家乗っ取りの企てなど難題が降りかかる。果たして、行列は期日通りに江戸へ到着できるのか――。〈解説〉檀　ふみ
206101-9

各書目の下段の数字はＩＳＢＮコードです。978－4－12が省略してあります。

あ-59-6
浅田次郎と歩く中山道 『一路』の舞台をたずねて
浅田次郎
中山道の古き良き街道風景や旅籠の情緒、豊かな食文化などを時代小説『一路』の世界とともに紹介します。いざ、浅田次郎を唸らせた中山道の旅へ！
206138-5

あ-59-7
新装版 お腹召しませ
浅田次郎
幕末期、変革の波に翻弄される武士の悲哀を描く傑作時代短編集。書き下ろしエッセイを特別収録。司馬遼太郎賞・中央公論文芸賞受賞作。〈解説〉橋本五郎
206916-9

あ-59-8
新装版 五郎治殿御始末
浅田次郎
武士という職業が消えた明治維新期、行き場を失った老武士が下した、己の身の始末とは。表題作ほか全六篇に書き下ろしエッセイを収録。〈解説〉磯田道史
207054-7

あ-59-9
流人道中記（上）
浅田次郎
「痛えからいやだ」と切腹を拒み、蝦夷へ流罪となった旗本・青山玄蕃。ろくでなしであるはずのこの男には、弱き者を決して見捨てぬ心意気があった。
207315-9

あ-59-10
流人道中記（下）
浅田次郎
奥州街道を北へと歩む流人・玄蕃と押送人・乙次郎。旅路の果てで語られる玄蕃の罪の真実。武士の鑑である男はなぜ、恥を晒してまで生きたのか？〈解説〉杏
207316-6

あ-83-1
闇医者おゑん秘録帖
あさのあつこ
「闇医者」おゑんが住む、竹林のしもた屋。江戸の女たちにとって、そこは最後の駆け込み寺だった——。女たちの再生の物語。〈解説〉吉田伸子
206202-3

あ-83-2
闇医者おゑん秘録帖 花冷えて
あさのあつこ
子堕ろしを請け負う「闇医者」おゑんのもとには、今日も事情を抱えた女たちがやってくる。「診察」は、やがて「事件」に発展し……。好評シリーズ第二弾。
206668-7

う-28-8
新装版 御免状始末 闕所物奉行 裏帳合㈠
上田秀人
遊郭打ち壊し事件を発端に水戸藩の思惑と幕府の陰謀が渦巻く中を、著者史上最もダークな主人公・榊扇太郎が剣を振るい、謎を解く！ 待望の新装版。
206438-6

各書目の下段の数字はISBNコードです。978－4－12が省略してあります。

う-28-9
新装版 蛮社始末 闕所物奉行 裏帳合㈡ 上田秀人
榊扇太郎は闕所となった蘭方医、高野長英の屋敷から、倒幕計画を示す書付を発見する。鳥居耀蔵の陰謀と幕府の思惑の狭間で真相究明に乗り出すが……。
206461-4

う-28-10
新装版 赤猫始末 闕所物奉行 裏帳合㈢ 上田秀人
武家屋敷連続焼失事件を検分した扇太郎は改易された出火元の隠し財産に驚愕。闕所の処分に大目付が介入、大御所死後を見据えた権力争いに巻き込まれる。
206486-7

う-28-11
新装版 旗本始末 闕所物奉行 裏帳合㈣ 上田秀人
失踪した旗本の行方を追う扇太郎は借金の形に娘を売る旗本が増えていることを知る。人身売買禁止を逆手にとり吉原乗っ取りを企む勢力との戦いが始まる。
206491-1

う-28-12
新装版 娘始末 闕所物奉行 裏帳合㈤ 上田秀人
借金の形に売られた旗本の娘が自害。扇太郎の預かりの身となった元遊女の朱鷺にも魔の手がのびる。江戸闇社会の掌握を狙う一太郎との対決も山場に！
206509-3

う-28-13
新装版 奉行始末 闕所物奉行 裏帳合㈥ 上田秀人
岡場所から一斉に火の手があがった。政権返り咲きを図る家斉派と江戸の闇の支配を企む一太郎が勝負に出たのだ。血みどろの最終決戦のゆくえは⁉
206561-1

う-28-14
維新始末 上田秀人
あの大人気シリーズが帰ってきた！　天保の改革から二十年、闕所物奉行を辞した扇太郎が見た幕末の闇。過去最大の激闘、その勝敗の行方は⁉
206608-3

お-82-4
江戸落語事始 たらふくつるてん 奥山景布子
口下手の甲斐性なしが江戸落語の始祖⁉　殺人の濡れ衣や綱吉の圧制に抗いながら、決死で〝笑い〟を究めた咄家・鹿野武左衛門の一代記。〈解説〉松尾貴史
207014-1

お-82-5
圓朝 奥山景布子
「怪談牡丹灯籠」を生んだ近代落語の祖・三遊亭圓朝。師匠や弟子に裏切られる壮絶な芸道を歩み、人々に愛される怪物となった不屈の一代記。〈解説〉中江有里
207147-6

き-37-1
浮世女房洒落日記　木内　昇
お江戸は神田の小間物屋、女房・お葛は二十七。あっけらかんと可笑しくて、しみじみ愛しい、市井の女房が本音でつづる日々の記録。〈解説〉堀江敏幸
205560-5

き-37-2
よこまち余話　木内　昇
ここは、「この世」の境が溶け出す場所――ある秘密を抱えた路地を舞台に、お針子の齣江と長屋の住人たちが繰り広げる、追憶とはじまりの物語。
206734-9

さ-86-1
うぽっぽ同心十手《じって》綴り　坂岡　真
〝うぽっぽ〟とよばれる臨時廻り同心の長尾勘兵衛は、人知れぬところで今日も江戸の無理難題を小粋に裁く。情けが身に沁みる、傑作捕物帳シリーズ第一弾！
207272-5

さ-86-2
うぽっぽ同心十手綴り　恋文ながし　坂岡　真
野心はないが、矜恃はある。悪を許さぬ臨時廻り同心、長尾勘兵衛の粋な裁きが胸を打つ。傑作捕物帳シリーズ第二弾！
207283-1

さ-86-3
うぽっぽ同心十手綴り　女殺し坂　坂岡　真
十手持ちには越えてはならぬ一線があり、覚悟を決めねばならぬ瞬間がある。正義を貫くため、長尾勘兵衛は巨悪に立ち向かう。傑作捕物帳シリーズ第三弾！
207297-8

さ-86-4
うぽっぽ同心終活指南（一）　坂岡　真
臨時廻りの勘兵衛は、還暦の今も〝うぽっぽ〟と呼ばれながら江戸市中を歩きまわっていた。傑作捕物帳シリーズ新章、待望の書き下ろし。〈解説〉細谷正充
207305-0

さ-86-5
うぽっぽ同心十手綴り　凍《い》て雲《ぐも》　坂岡　真
「正義を貫くってのは難しいことよのう」生きざまに筋を通すため、この一件、決着をつけねばならぬ――。大好評、傑作捕物帳シリーズ第四弾！
207430-9

さ-86-6
うぽっぽ同心十手綴り　藪《やぶ》雨《さめ》　坂岡　真
女だけで芝居を打つ一座に大惨事が……。たかが〝うぽっぽ〟と侮るなかれ、怒らせたら手が付けられぬ鬼と化す――。大波乱の傑作捕物帳シリーズ第五弾！
207439-2

各書目の下段の数字はISBNコードです。978－4－12が省略してあります。

さ-86-7
うぽっぽ同心十手綴り 病み蛍
坂岡 真
わるいが、おぬしを見逃すことはできぬ――。この世は理不尽なことばかりだが、江戸には〝うぽっぽ〟がいる！ 傑作捕物帳シリーズ第六弾。
207455-2

さ-86-8
うぽっぽ同心十手綴り かじけ鳥
坂岡 真
男手ひとつで育てあげた愛娘が手許から去ってしまう。寂しさが募る雪の日、うぽっぽのもとを訪れたのは……。「十手綴り」シリーズ、悲喜交々の最終巻。
207466-8

さ-86-9
うぽっぽ同心終活指南(二) 夫婦小僧
坂岡 真
とんでもねえ連中の尻尾を摑んだ――。妙な伝言を残して姿を消した、義理堅い盗人の行方をうぽっぽが追う！ 待望のシリーズ新章第二弾、文庫書き下ろし。
207483-5

す-25-27
手習重兵衛 闇討ち斬 新装版
鈴木英治
江戸白金で行き倒れとなった重兵衛は、手習師匠・宗太夫に助けられ居候となったが……。凄腕で男前の快男児が謎を斬る時代小説シリーズ第一弾。
206312-9

す-25-28
手習重兵衛 梵鐘 新装版
鈴木英治
手習子のお美代が消えた⁉ 行方を捜す重兵衛だったが……（「梵鐘」より）。趣向を凝らした四篇の連作が織りなす、人気シリーズ第二弾。
206331-0

す-25-29
手習重兵衛 暁闇 新装版
鈴木英治
旅姿の侍が内藤新宿で殺された。同心の河上が探索を進めると、重兵衛の住む白金村へ向かう途中だったらしいと分かったが……。人気シリーズ第三弾。
206359-4

す-25-30
手習重兵衛 刃舞《やいばまい》 新装版
鈴木英治
親友と弟の仇である妖剣の遣い手・遠藤恒之助を倒すため、新たな師のもとで〈人斬りの剣〉の稽古に励む重兵衛だったが……。人気シリーズ第四弾。
206394-5

す-25-31
手習重兵衛 道中霧 新装版
鈴木英治
親友殺しの嫌疑が晴れ、久方ぶりに故郷の諏訪へ帰れることとなった重兵衛。母との再会に胸高鳴らせる彼を、妖剣使いの仇敵・遠藤恒之助と忍びたちが追う。
206417-1

す-25-32
手習重兵衛 天狗変 新装版
鈴木英治
重兵衛を悩ませる諏訪忍びの背後には、三十年ごしの因縁が——家中を揺るがす事態に、重兵衛、左馬助、惣三郎らが立ち向かう。人気シリーズ、第一部完結。
206439-3

す-25-33
江戸の雷神
鈴木英治
その勇猛さで「江戸の雷神」と呼ばれる火付盗賊改役の伊香雷蔵は、府内を騒がす辻斬り、押し込み、盗賊らを追うが……。痛快時代小説シリーズ開幕！
206658-8

す-25-35
江戸の雷神 敵意
鈴木英治
不首尾に終わった捕物の責を負わされ、火付盗賊改役を罷免された雷蔵。元盗賊「匠小僧」や訳ありの剣の達人・六右衛門らと動き出したが……。書き下ろし。
207140-7

す-25-36
江戸の雷神 死化粧
鈴木英治
深川で続けて四人の娘が惨殺された。その頃、前火盗改役の伊香雷蔵は、元盗賊・玄慈らの力を借り「よりよい江戸」をつくらんとしていたが……。書き下ろし。
207322-7

と-26-13
堂島物語1 曙光篇
富樫倫太郎
米が銭を生む街・大坂堂島。十六歳と遅れて米問屋へ奉公に入った吉左には「暖簾分けを許され店を持つ」という出世の道は閉ざされていたが——本格時代経済小説の登場。
205519-3

と-26-14
堂島物語2 青雲篇
富樫倫太郎
山代屋へ奉公に上がって二年。丁稚として務める一方、幕府未公認の先物取引「つめかえし」で相場師としての頭角を現しつつある吉左は、両替商の娘・加保に想いを寄せる。
205520-9

と-26-15
堂島物語3 立志篇
富樫倫太郎
念願の米仲買人となった吉左改め吉左衛門は、自分と同じく二十代で無敗の天才米相場師・寒河江屋宗右衛門の存在を知る——『早雲の軍配者』の著者が描く経済時代小説第三弾。
205545-2

と-26-16
堂島物語4 背水篇
富樫倫太郎
「九州で竹の花が咲いた」という奇妙な噂を耳にした吉左衛門は西国へ飛ぶ。やがて訪れる享保の大飢饉をめぐる米相場乱高下は、ビジネスチャンスとなるか、破滅をもたらすか——。
205546-9

各書目の下段の数字はISBNコードです。978－4－12が省略してあります。

と-26-17
堂島物語5　漆黒篇
富樫倫太郎
かつて山代屋で丁稚頭を務めた百助は莫大な借金を抱え、お新と駆け落ちする。米商人となる道を閉ざされ、行商人に身を落とした百助は、やがて酒に溺れるが……。
205599-5

と-26-18
堂島物語6　出世篇
富樫倫太郎
川越屋で奉公を始めることになった百助の息子・万吉は、手代たちから執拗な嫌がらせを受ける。『早雲の軍配者』の著者が描く本格経済時代小説第六弾。
205600-8

と-26-32
闇の獄（上）
富樫倫太郎
盗賊仲間に裏切られて死んだはずの男は、座頭組織の長に拾われて、暗殺者として裏社会に生きることに！『SRO』「軍配者」シリーズの著者によるもう一つの世界。
205963-4

と-26-33
闇の獄（下）
富樫倫太郎
座頭として二重生活を送る男・新之助は、裏社会から足を洗い、愛する女・お袖と添い遂げることができるのか？　著者渾身の暗黒時代小説、待望の文庫化！
206052-4

と-26-34
闇夜の鴉
富樫倫太郎
大坂の追っ手を逃れてから十年――。新一は江戸で再び殺し屋稼業に手を染めていた。『闇の獄』に連なる暗黒時代小説シリーズ第二弾！〈解説〉末國善己
206104-0

と-26-47
ちぎれ雲（一）浮遊の剣
富樫倫太郎
女たちが群がる美丈夫・麗門愛之助。大身旗本の次男坊にして剣の達人の彼が対峙するのは、江戸中を震撼させる、冷酷無比な盗賊団！　書き下ろし時代小説。
207497-2

と-26-48
ちぎれ雲（二）女犯《にょぼん》の剣
富樫倫太郎
愛之助を執拗に狙い、江戸に現れた女盗賊・孔雀。艶やかにして、淫ら、そして冷酷。その目的とは⁉　そして煬帝一味も動き出し……。シリーズ第二弾。
207508-5

は-81-1
幕府密命弁財船《べざいせん》・疾渡《はやと》丸（一）
那珂湊　船出の刻
早川隆
水戸藩那珂湊で密かに造られる弁財船、疾渡丸。この船には商船のふりをして諸国を旅しながら、湊の平和を守る密命が下されていた――！　文庫書き下ろし。
207551-1